權錢對決
之
14
趁火打劫
姜遠方 著

目錄 CONTENTS

第一章 不是巧合

雷振聲說：「第一天發生的事是那女人陷害我的，
我想讓她說清楚她為什麼要害我；
沒想到那個女人跟我推搡了幾下後，
猛地就把身上的衣服給扯下來。
現在想想，我碰到那個女人根本就不是巧合，
是她跟蹤我的。」

週一，海川市委，小會議室。

在例行的市委書記市長碰頭會上，孫守義在和姚巍山談完了這一周的工作安排之後，看了姚巍山一眼，說：「老姚啊，有件事跟你說一聲，我覺得雷振聲最好還是調回市裏面工作吧。」

姚巍山愣了一下，前幾天他還因為雷振聲刺探到不少對付傅華有用的消息而感到振奮，正期望雷振聲能夠再接再厲呢，哪想今天孫守義居然讓他把雷振聲給調回市裏去了。

姚巍山看了看孫守義說：「孫書記，這是怎麼回事啊？雷振聲同志剛去駐京辦工作不久，工作還沒開展開呢，您怎麼會想要將他調回來呢？不會是因為傅華同志容不下他吧？駐京辦是海川市的，可不是傅華的私人王國，傅華同志這麼容不下……」

「老姚，你別誤會，」孫守義看姚巍山把帳算在傅華的頭上，打斷了他的話說：「不是傅華同志要求我把雷振聲調回來的，而是我覺得雷振聲素質太差，不適合在北京工作，所以才想和你商量一下，把他調回來的。」

「素質太差？」姚巍山說：「孫書記，您的要求也太高了一點吧，雷振聲可是本科畢業，素質方面不算差吧？」

孫守義解釋說：「老姚，我說的素質差，不是指的他的學歷，而是這個人的道德品性太差了。你知道這兩天這傢伙在北京做了什麼事嗎？他居然兩次在公眾場合猥褻婦女，結果被扭送到派出所，現在派出所給了他拘留十天的處罰。」

「猥褻婦女？」姚巍山姚巍山驚訝的眼珠子都要掉出來了，說：「這怎麼可能，雷振聲是一個很文質彬彬的人，怎麼可能做出這種下流的事來啊。不對，他一定是被人陷害的，很可能是傅華不想讓雷振聲插手駐京辦的業務，所以就想辦法陷害他的。」

孫守義不禁質疑說：「老姚，你怎麼對傅華同志這麼大的成見啊？根本就不是你想的那麼回事，事情並沒有發生在駐京辦，而是在雷振聲週末外出辦私事的途中發生的，受害人是個不認識的陌生女人，這種事傅華怎麼可能事先安排啊？」

姚巍山不敢置信地說：「這事也太邪門了，雷振聲是個成熟穩重的成年人，我不相信他會幹出這麼荒唐的事情來。」

孫守義說：「乍聽傅華報告這件事的時候，我也覺得不可思議，但是老姚，雷振聲兩次都被現場的市民給扭送到派出所去，也都有目擊證人，這種證據確鑿的情況下，還能不信嗎？我不信也得信了。」

姚巍山總覺得事情太過詭異了，狐疑地說：「這件事太蹊蹺了，雷振聲沒有理由這麼做啊！」

孫守義說：「我倒不覺得，我猜大概有兩個原因吧，一是雷振聲因為初到北京工作，壓力太大，想找機會宣洩壓力；二是他跟妻子兩地分居，難免會有生理上的問題無法解決。這兩個因素加在一起，才會失態做出這種事情來。」

姚巍山反駁說：「孫書記，您說的可都是猜測之詞，並不能做準，我還是覺得這件事太荒謬了，以前也沒聽說過雷振聲還有這方面的毛病啊。」

孫守義說：「沒聽說過不代表就沒有，反正我覺得雷振聲是不適合再留在北京了，現在還好沒有媒體關注到這件事，如果被媒體說我們海川市的官員心理變態，在公眾場合猥褻婦女，那我們海川的人可就丟大了。」

姚巍山仍然抱著相信雷振聲的態度說：「孫書記，我覺得最好先不要急著做什麼決定比較好，我們聽到的都是傅華單方面的說詞，還沒聽到振聲同志的解釋，是不是等我問過雷振聲，查明實際情況後，再來決定要怎麼處理比較好？」

孫守義心想：姚巍山就算再怎麼調查，也改變不了雷振聲犯罪的事實，他想查就讓他去查吧。

孫守義就點了下頭說：「行，老姚，那就等你問過雷振聲後，我們再決定怎麼處置他好了。」

北京，朝陽區拘留所。

傅華正在辦理探視雷振聲的手續。作為雷振聲的領導，傅華不能對雷振聲不聞不問，所以他買了一些食物來拘留所探視雷振聲。

手續辦完，傅華被帶到會客室。過了一會兒，雷振聲就被帶來了。

雖然只在拘留所裏過了一夜，但雷振聲卻面色灰敗，像是一下子老了十歲一樣，傅華把帶來的食物放在雷振聲面前，說：「這是給你的，還有，我幫你在戶頭上存了一點錢，你在裏面可以買東西來吃。」

雷振聲勉強地笑了笑說：「謝謝傅主任。」

傅華看著一旁可憐兮兮的雷振聲說：「振聲同志，抱歉啊，因為你被拘留，這件事我就沒法再幫你隱瞞了，昨天我已經將情況跟孫書記做了報告。」

雷振聲嘆了口氣，他最擔心的就是讓市裏知道，但是被拘留這麼久，傅華肯定無法幫他隱瞞，就說：「報告就報告了吧，反正是我倒楣。孫書記怎麼說？」

傅華說：「他說市裏可能無法讓你繼續留在北京，所以要跟姚市長商量一下，看這件事要怎麼處理比較好。」

雷振聲哦了一聲，沒再說什麼。就算市裏願意他留在駐京辦，他也沒臉繼續待下來了。

傅華忍不住問道：「振聲同志，昨天有些倉促，我還沒來得及問你究竟發生了什麼事，你怎麼會又去糾纏那個受害人呢？」

雷振聲一副認命的樣子，說：「傅主任，都到這步田地了，我說什麼都沒用，你也不會相信我的，還是不說了吧，總之算我倒楣。」

傅華只好勸道：「振聲同志，你也別有太大的壓力，也許你是不太適應北京的環境，所以才會出這種事；我想你回海川後，就沒這方面的困擾了。」

雷振聲不滿地看了傅華一眼，說：「什麼叫有『這方面的困擾』啊，從頭到尾我都是被人陷害的。那個女人的衣服和胸罩根本就不是我扒下來的，是她自己扯下來的。」

傅華愣住了，「你說是她自己把衣服扯下來的，這怎麼可能啊？」

雷振聲委屈地說：「我昨晚想了一夜，把這兩天發生的經過從頭到尾梳理了一遍，發現這根本就是一個事先佈置好的局，這個局的巧妙之處就在於按照一般人的思維，誰都不會認為是那個女人自己做出那些猥褻的行為，這也是那個女人最狡猾的地方。」

「這有些說不通啊！」傅華困惑地說：「我聽劉所長說，第二天那個女人想躲開你，是你抓住人家不放，這才撕扯起來，把人家的衣服給扯下來的。」

雷振聲苦笑說：「我之所以抓住她不放，是因為第一天發生的事是那個女人陷害我的，我想讓她給我說清楚，她為什麼要害我；沒想到那個女人跟我推搡了幾下之後，猛地就把身上的衣服給扯下來，然後大叫抓色狼，我就被過路的人給包圍了起來。現在想想，也許我第二天碰到那個女人根本就不是巧合，是她跟蹤我的。」

傅華仍然不解地說：「你說這是女人設好的局，那她的目的是什麼？一般來說，布下這種局都是為了詐財，但是自始至終，受害人跟她的親友都沒有跟你要錢，只有昨天我為了給你解圍，才硬塞給那個受害人五千塊，她也還推辭了半天才拿的。」

雷振聲說：「這不就結了！最終她還是得到了錢。其實，本來我以為是傅主任你設的局，因為你想把我趕出駐京辦，但現在看來，你也是被設計的，這幫傢伙最終的目的就是詐財。」

雷振聲又說：「我來駐京辦的這段時間，你對我挺好的，我卻在私下幫著姚市長調查你，可能我今天這麼倒楣也是報應吧。」

傅華心說：算你還有點良心，不枉我這兩天跑前跑後的幫你解決麻煩，不禁心軟地說：「你這樣子回海川，對你的影響不太好，要不要想辦法調查一下啊？」。

雷振聲苦笑了一下，說：「調查？怎麼查啊，人家都有證據了的，查下去，除了更丟人之外，根本就不會有什麼好結果的。算了吧，我自認倒楣就是了。」

離開拘留所，傅華去了豪天集團，他很懷疑這是羅茜男搞的鬼。

羅茜男的神態一如往常，不像是瞞著他做了什麼事的樣子，傅華試探地問：「我想來拿回我那五千塊。」

羅茜男說：「什麼五千塊啊？我沒拿過你的五千塊啊。」

傅華注意到羅茜男的眼神中明顯閃過一絲慌亂，顯然雷振聲的事與她有關，就說：「好了羅茜男，你就別裝了，如果那五千塊你想賺去的話，無所謂，你留著吧。」

「誰稀罕你的五千塊啊，」羅茜男說著，拉開辦公桌的抽屜，從裏面拿出了五千塊放到傅華的面前，說：「這是你的錢，還給你。誒，你是從什麼地方看出來這件事是我做的啊？」

傅華笑了一下，說：「一開始我也沒懷疑雷振聲是被陷害的，不過他卻堅持說他是被人陷害的，才讓我覺得有問題。」

「那也無法把事情聯繫到我身上啊？」

傅華說：「雷振聲到北京時間不長，除了跟我有些矛盾外，跟其他人並沒有什麼恩怨，但我又沒有這麼做，於是，我就想到了我曾經在你面前說過對他不滿，才聯想到可能與你有關。」

羅茜男佩服地說：「算你聰明。我是覺得你現在不應該再為這些莫名其妙的傢伙分神，所以就出手幫你擺平他了。你也不用覺得對他有什麼歉疚，他完全是自作自受，你從來沒招惹過他，他憑什麼查你這查你那的啊？他既然要來對付你，就要有被你對付的心理準備。」

「謝謝你啦，羅茜男，雷振聲很快就會被調回海川了。不過，這件事沒什麼後患吧？」

羅茜男聽了說：「傅華，你是不是也太小瞧我們豪天集團的手段了？這種小把戲如果都能被人揭穿的話，那豪天集團可能早就不存在了。你放心好了，我交代陸叔的話，沒有一個字牽涉到你，所以就算事情敗露的話，也只會牽涉到我，不會是你傅大主任的。」

接下來的幾天，利多政策頻出，股市一掃頹勢，連續上揚，成功的站穩在三千點上方，一些本來唱衰股市的專家也轉而看好股市未來的前景。

在這種氛圍下，傅華接到了湯言打來的電話。

「傅華，你這次買金牛證券算是賭對了，這幾天看到股市猛漲，高興壞了吧？上一次你不是說要我幫你找個買家將金牛證券賣了嗎？現在業內有一家證券公司看好金牛證券，想要兼併金牛證券。」

傅華聽了說：「那他們準備出多少買下金牛證券的股份啊？」

湯言笑說：「十九億，可以嗎？」

傅華說：「這個價格離我的心理價位還有一段距離，湯少，你幫我回了他吧。」

湯言愣了一下，說：「不會吧，傅華，我覺得十九億已經很不錯了，你可不要胃口太大啊。」

傅華堅持說：「我買下金牛證券百分之六十九的股份，前後花了十七億多，十九億賣出去的話，我賺到的利潤剛剛夠百分之十，這還不夠我的辛苦錢呢，不賣！」

湯言問：「那你覺得多少錢合適呢？」

傅華算了算說：「大概二十四億吧，如果對方肯出到二十四億，我就會賣。」

湯言忍不住抱怨說：「你這傢伙也太貪了吧，這麼一轉手，你就想賺將近七億啊？這個價格對方肯定接受不了的。」

傅華說：「接受不了那就算了，反正我目前也不急著脫手。」

湯言勸說：「傅華，你可要想清楚，你千萬別以為現在股市轉好，金牛證券就成了香餑餑了，你要知道目前國內經濟形勢並不樂觀，現在的股市還不具備成為牛市的條件，所以我勸你還是見好就收，趁著目前股市行情不錯的機會，趕緊把金牛證券出手吧。」

傅華說：「湯少，你說的這些我也知道，不過，目前金牛證券對我來說還有些用處，所以我並不是很迫切要賣掉它；如果對方沒有出到足以讓我心動的價格的話，我還是不會賣的。」

湯言無奈地說：「我真不知道你在想什麼，二十四億對方肯定是不會接受的，就這樣吧。」

半個小時後，湯曼走進了傅華的辦公室。

傅華訝異地說：「咦，小曼，你今天不是應該在金牛證券那邊嗎？」

湯曼說：「本來是的，但是我哥跟我說有人出價十九億要買下金牛證券，你卻不肯賣，我就想回來問問你對金牛證券究竟是怎麼打算的。」

傅華聽了，說：「你是想來幫你哥做說客的吧？」

湯曼正色說：「傅哥，我並不是要幫我哥做說客，而是我覺得金牛證券現在應該賣掉了，你別看這陣子股市行情不錯，但是股市說變就變，說不定明天行情就會掉頭向下；雖然對方出十九億是有點低，但並不是沒有討價還價的空間，我估計二十億上下的價格，對方應該能接受的。」

傅華說：「我不是不知道股市的風險，而是我想要做的事還沒有做。你回來的正好，今天也該是跟你揭開謎底的時候了，你還記得我讓你查金牛證券現在帳上有多少資金的事嗎？」

湯曼點點頭說：「我記得，當時查到金牛證券帳目資金大概是十億，但是經過這段時間，它的帳面資金只有九億多。」

傅華說出他的計畫：「我是想，金牛證券現在使用的營業部和辦公室都是租的，是不是可以拿這筆資金來購買房產？」

湯曼詫異地說：「傅哥，你的意思是想要金牛證券向熙海投資購買辦公大樓？」

傅華笑笑說：「是啊，這是一個對雙方都有利的交易，金牛證券有自己的辦公大樓，熙海投資又可以賣出一部分大樓，回籠資金。」

湯曼沉吟了一下，說：「可是那樣的話，金牛證券的資金鏈可就綳緊了，經營會受到很大影響的。」

傅華說：「我知道，所以在股市行情不好的時候，我並沒有要去實施這個方案，現在股市行情轉好，金牛證券的收入增加，這時候就算是資金鏈緊綳些，對金牛證券的營運也不會有太大的影響。這件事辦完之後，我們就可以將金牛證券脫手了。」

「這個嘛，」湯曼猶豫著說：「這對金牛證券總是不太好。傅哥，你不會一開始就打這個主意吧？」

傅華承認說：「是的，小曼，我一開始就是往這方面想的，這對熙海投資是最有利的一個方案。你不要覺得熙海投資好像占了金牛證券的什麼便宜，其實這是一個價值等價的交換。」

湯曼不以為然地說：「可是對金牛證券來說，持有現金和持有物業絕對是兩個不同的概念。」

傅華說：「這就要看你怎麼去看這件事了，從某種意義上講，熙海投資賣給金牛證券的，是在不斷增值的優質資產，反而現金卻是貶值的狀態，這麼看的話，我們這樣操作是對金牛證券有利的。」

湯曼面有難色地說：「可是這對金牛證券的營運確實很不利，我剛把金牛證券搞得有點起色，這下子恐怕之前的努力就化為泡影了。」

傅華勸說：「小曼，你這是有點感情用事了，我們收購金牛證券的股份，只是一次商業上的交易，而交易的目的就是利益最大化，並不是要你去跟金牛證券培養什麼感情的。」

湯曼這才點頭，說：「好吧，傅哥，你想我怎麼做？」

傅華說：「很簡單，我想要你主持董事會，讓董事會通過向熙海投資購買辦公大樓的案子。」

湯曼點點頭說：「好吧，傅哥，我就照你說的去辦就是了。」

經過十天的拘留，雷振聲終於拘留期滿。傅華的車停在看守所門前，等候著雷振聲出來。

十幾分鐘後，雷振聲走了出來，臉色顯得有些蒼白，不過精神還不錯。回到駐京辦。雷振聲說要回宿舍洗澡去去晦氣，就回宿舍了，傅華便去辦公室。

剛在辦公室坐下來，手機就響了起來，上面顯示著一串很奇怪的號碼，好像是來自國外，加了國際區號的電話號碼。

傅華心裏一動，隱約覺得很可能是喬玉甄打來的，趕忙接通了，有些激動地說：「小喬，是你嗎？你和女兒還在英國嗎？」

喬玉甄帶有磁性的聲音傳了過來，「是我，傅華，我們還在英國。你現在還好嗎？誒，傅華，我讓女兒跟你說說話吧。」就把手機放到女兒耳邊，說：「喬華，你聽，爸爸要跟你說話了。」

傅華聽到女兒牙牙學語的聲音，心情不由得十分的激動，聲音哽咽地說：「喬華，我是爸爸啊。」

喬華不知道是不是真得聽懂傅華說的話，居然咯咯笑了起來。

聽到女兒的笑聲，傅華越發的激動，絮絮叨叨又跟女兒講了不少話，直到喬玉甄把電話拿過去才停下。

傅華說：「小喬，辛苦你了，讓你一個人在英國帶她。對了，你怎麼會打電話來啊？」

喬玉甄笑笑說：「我聽呂先生說，齊隆寶已經被調離了秘密部門，不能再威脅到我們什麼了，就想打電話問問你的情況。聽呂先生講，你現在事業做得很大，是真的嗎？」

傅華低調地說：「也不算什麼，就是機緣巧合，接收了兩個爛尾樓的項目而已。小喬，你在英國還是要小心些，齊隆寶雖然被調職了，但是並沒有傷筋動骨，目前他雖然懷疑他被調職可能與你有關，但是還無法確認，一旦被他知道真相，他極有可能對你和女兒不利的。」

喬玉甄聽了說：「我知道，我會小心的，你不用擔心我和女兒，黃董和呂先生跟這邊的華僑社團關係相當密切，有他們照顧我，就算是齊隆寶能來英國，也不敢對我怎麼樣的。你在北京也要小心啊，他對你下手可能會更容易一些。」

此時，駐京辦的員工宿舍。

雷振聲洗完澡，坐在床邊遲疑了一會兒，才給姚巍山打了電話。

姚巍山聽到是雷振聲，有些不高興的說：「小雷，你從拘留所裏面出來啦？你究竟是怎麼回事啊，怎麼好好的會突然變成了這個樣子？」

雷振聲喊冤說：「姚市長，這件事我真的不知道該怎麼跟您解釋，我是冤枉的。」便將事情的來龍去脈說了一遍。

姚巍山聽完事情的經過，困惑的說：「小雷，你是說那個女人是為了詐財故意害你的？可是這個經過也有點太匪夷所思了。」

雷振聲也很不解地說：「是啊，傅華給了那女人五千塊，那個女人這才同意放過我的。」

姚巍山思索說：「如果真的像你所說的那樣，那個女人連續兩天設局害你，肯定在這上面下了很多心思，就算是為了騙錢，也不會僅僅只騙五千塊就善罷甘休；在那種情形下，她大可向傅華要更多的錢，所以她真正的目的應該不是為了錢。」

雷振聲納悶地說：「可是如果不是為了騙錢，那是為了什麼啊？我想不出她還會有別的企圖。」

姚巍山冷笑一聲說：「這不明擺著嘛，出了這種事，你就也不好繼續待在駐京辦了。」

雷振聲愣了一下，說：「您的意思是，她這麼做是想把我趕出駐京辦？不可能吧？她又不是駐京辦的人，有什麼理由要把我從駐京辦趕走呢？」

姚巍山說：「理由就更簡單了，一定是駐京辦某些人覺得你礙了他們的眼了，所以才想出這一招來對付你的。」

雷振聲驚訝地說：「您是說裏面是傅華在搞鬼？他早就發覺了我在查他，所以才設了這個局來陷害我的？」

「你總算是醒過味來了，」姚巍山挑撥說：「其實這件事並不複雜，你只要想想誰會從你被趕出駐京辦當中得到最大的利益，就會知道是誰策劃了這件事。你去北京才幾天，除了幫我查過熙海投資和傅華的事外，其他的你根本就沒做過什麼啊。」

雷振聲有些不敢置信地說：「不會吧，我出事的這幾天，傅華一直幫我跑來跑去的，還盡力想要幫我把事情壓下去，根本就不像是要陷害我的樣子啊？」

姚巍山冷哼說：「廢話，他當然要裝出一副關心你的樣子啦，否則你就會知道是他在背後搞的鬼了。」

雷振聲震驚地說：「如果真是這樣的話，傅華也太陰險了。」

姚巍山說：「你才曉得傅華陰險啊！你知道現在在北京治病的那個前市委書記金達吧，他之所以會中風，完全是被傅華給氣的。」

雷振聲此刻將金達中風的事跟自己的事情聯繫起來，不由得開始相信真是傅華在背後陷害他了。他越想越害怕，深知自己不是傅華的對手，尤其是那個轄區派出所的劉所長，看上去也跟傅華關係很鐵的樣子，他被拘留，很可能就是傅華透過劉所長的安排。雷振聲擔心，如果他繼續留在駐京辦，傅華會用更毒辣的手段來對付他，那時候恐怕就不僅是被打或者拘留十天那麼簡單了，說不定會有生命危險。

雷振聲說：「對不起啊，姚市長，是我太小看傅華了。」

姚巍山安慰說：「小雷，你不用跟我說對不起，你並沒有做錯什麼。你也不要氣餒，只要你繼續留在駐京辦，總會有機會跟傅華算這筆帳的。」

但是雷振聲卻已經認為要趕緊離開駐京辦才是上策了，便苦笑說：「姚市長，出了這種事，我怎麼還有臉待在駐京辦啊？」

姚巍山勸慰說：「小雷，你不要把這件事情看得太重，過一段時間人們就會忘記的；至於市裏，你就更不用擔心了，我會說服孫書記把你留在駐京辦的。」

對姚巍山來說，雷振聲如果被趕出駐京辦，短時間內他再想安插一個人進駐京辦幾乎是不太可能的，同時，雷振聲既然知道是傅華在背後搞鬼，心中肯定恨極了傅華，一定會想盡辦法跟傅華作對，所以他拚命說服雷振聲留在駐京辦。

雷振聲卻心想：我繼續留在駐京辦給傅華當靶子嗎？於是說：「姚市長，我恐怕不能繼續留在駐京辦。您想，如果我還留在駐京辦的話，傅華一定不會罷休的，肯定會想出更為毒辣的陰謀來對付我，我根本就不是他的對手；而且，他已經知道我在為您刺探情報，以後會對我更加的防備，恐怕我很難再有所作為了，所以你還是趕緊把我給調回去吧。如果您非要逼我繼續留在駐京辦的話，那沒辦法，我只好辭職了。」

姚巍山對雷振聲半路退縮，十分的不滿，暗自罵雷振聲沒用，然而在勸說無效後，只好強壓下心頭的怒火，說道：「好吧，既然你那麼想回市裏工作那就回來吧。回頭我會跟孫書記商量一下，看看找個什麼樣的單位安置你比較好。」

第二章

慘遭綁架

傅華醒來，眼前漆黑一片，周邊一點亮光都沒有，
四周摸索著，想要搞清楚自己究竟身在何方。
四周空蕩蕩的，摸索半天才摸到牆壁，
他扶著牆壁邊慢慢地走，邊走邊想著
到底是誰把他綁架到這個屋裏的。

下午，吃過午飯，傅華的手機響了起來，是胡瑜非家中的號碼，傅華便接通了。

「胡叔，找我有事啊？」

電話那邊一個女聲說：「傅華，不是你胡叔找你，是我找你。」

傅華聽出打電話的人是胡瑜非的夫人，趕忙說：「是阿姨啊，您找我有什麼事啊？」

胡夫人笑笑說：「我找你還能有什麼事啊，當然是介紹女朋友給你了。這次你無論如何要給阿姨個面子，願不願意都要去見見那個女孩子。」

傅華已經婉拒過胡夫人幾次，聽胡夫人的語氣，知道這次是很難推掉了，就說：「好吧，阿姨，我去跟她見面就是了。」

胡夫人高興地說：「這還差不多。我跟你說傅華，這個女孩是我一個好朋友的女兒，家教很好，人又長得漂亮，你見了她一定會喜歡的。」

晚上七點，傅華來到小院西餐廳。這個是胡夫人選的見面的地方。

女孩還沒到，傅華就選了一個包廂先坐了下來。

七點三十多一點，傅華的手機響了起來，正是胡夫人給他的那個女孩子的電話號碼，一個好聽的聲音傳了過來，說：「傅先生，我冷子喬，現在在西餐廳門口，你到了沒有？」

傅華說：「我已經到了。在裏面的包廂裏，你進來吧。」

過了一會兒，一個漂亮的女孩子走進了包廂。

女孩子二十四五歲的樣子，個子高挑，皮膚白皙，額前流海下一雙漆黑的大眼睛忽閃忽閃的，女孩讓傅華有一種年輕清爽的感覺，他暗自搖了搖頭，看來這場相親肯定是沒什麼結果的了，倒不是這個女孩不夠漂亮，而是相比起來，他已經有點老了。

女孩優雅的伸出手來，自我介紹說：「冷子喬。」

傅華握了握女孩的手，回說：「傅華，很高興認識你，請坐。」

坐下來後，兩人一時之間找不到話題，便出現了小小的冷場。

男人有義務在這個時候先找話題打破尷尬，傅華就笑笑說：「冷小姐，現在都是網路時代了，我們居然還跑來相親，是不是很無趣啊？」

冷子喬回說：「其實我覺得挺有意思的，我還是第一次跑來跟一個陌生男人相親呢。傅先生，你應該相過不少次親吧？」

傅華回想起往事，自嘲說：「我以前還真的相過幾次親，不過對方都看不上我。」

冷子喬上下打量了一下傅華，說：「不會吧，你看上去也不是很差啊，那些女人怎麼會看不上你呢？」

傅華說：「她們自然有看不中的原因。誒，冷小姐，我很好奇，像你這樣條件優秀的女孩，追你的男人應該排隊才對啊，怎麼會來相親呢？」

冷子喬聳了聳肩說：「傅先生倒是很會恭維人啊，是啊，追我的男孩確實是有幾個，不過現在的男孩子實在是太幼稚了，談的話題都是電玩或是漫畫什麼的，除此之外，就不知道該說些什麼了，給我的感覺是還沒長大一樣。我覺得男人還是成熟一點比較好，有點閱歷，那樣的男人才會有肩膀給女人依靠。」

傅華開玩笑說：「閱歷豐富的男人可都是很複雜的，難道你就不怕上當受騙嗎？」

冷子喬冷笑說：「我又不是傻瓜，哪有那麼好被騙的？誒，傅先生，你這麼說，是不是你騙過很多女人啊？」

傅華故意嚇她說：「如果我說我騙過很多女人，你會不會覺得我很可怕啊？」

冷子喬卻沒有被嚇倒，反而說：「你不用在我面前裝什麼大野狼，我又不是那個傻瓜一樣的小紅帽！如果你真的騙過很多女人，我不但不覺得你可怕，還會覺得你很有本事呢。」

「很有本事？」傅華好奇地問：「我不明白你為什麼會這麼想？」

冷子喬說：「這很簡單啊，你能騙到很多女人，說明你有辦法讓很多女人相信你能給她們幸福、讓她們快樂，這難道不是本事嗎？」

傅華不禁說道：「你這個理論可真是很新鮮啊，確實，在騙局沒被拆穿的當下，女人是會感到快樂和幸福，但是騙局終究是騙局，總有被拆穿的一天，到那個時候，快樂和幸福就會全都化為泡影了。」

「但是她們畢竟還是快樂過啊！」冷子喬自有一套理論：「我想這就夠了，現在這個社會變化這麼快，男人和女人在一起能夠擁有一段快樂的時光就應該知足了，像那種公主遇到王子，從此就幸福快樂的生活在一起的童話故事，只能用來騙騙小孩子。」

傅華不以為然地說：「冷小姐，你這個想法也太過現實了吧？我覺得人還是應該抱有一些夢想，那樣這個世界才會很美好。」

冷子喬回嘴說：「是不是就是這個原因，你才遲遲不肯從前一段婚姻走出來啊？」

傅華怔了一下，說：「胡夫人把我的經歷都說給你聽了？」

冷子喬點了一下頭，「那是當然啦，胡夫人跟我媽是很好的朋友，既然要幫我介紹男朋友，當然不會隱瞞你的情形了。」

傅華忍不住說：「你膽子可真夠大的，既然知道我的經歷這麼複雜，你還敢來跟我見面？」

冷子喬笑說：「你又不是三頭六臂，又不會吃人，我為什麼不敢來見你啊。其實胡夫人跟我講了你的經歷後，我反而對你很好奇，想看看經歷這麼複雜的男人究竟是什麼樣子。」

「現在你看到了，怎麼樣，感覺如何啊？」傅華有趣地問。

冷子喬癟了一下嘴，有些嫌棄地說：「實話說，真不怎麼樣，對你的樣子我有點失望，你經歷了那麼多事，起碼身上也該有些憂鬱的氣息啊，或者滄桑一點也好嘛，可是看你的樣子，除了你不肯結識新的女朋友之外，我真的看不出你哪裏滄桑了。」

傅華被冷子喬的話逗笑了，說：「冷小姐，滄桑只是一種心態，並不是外表；不是皺著眉頭、滿臉苦相就是滄桑了。」

冷子喬反問道：「既然皺著眉頭滿臉苦相不是滄桑，那什麼樣子才算是滄桑呢？」

傅華解釋說：「比方說看到你這麼年輕美麗，以前的我，一定會被你的魅力所吸引，就會想要追求你，但現在的我，想的卻是比起你來，我已經老了，不是你的菜。」

冷子喬笑了起來，說：「傅先生，你這麼說是在說你喜歡我呢，還是在拒絕我呢？」

傅華笑笑說：「為什麼不可以兩者都是呢？」

冷子喬譏諷說：「成熟男人就是不一樣，連拒絕人的話都可以說得這麼好聽。」

傅華說：「就算我不拒絕你，你也會拒絕我的吧？畢竟要跟已經有孩子的男人交往，可不是一件很容易的事。」

冷子喬點點頭說：「要跟有孩子的男人交往確實不容易，很有挑戰性啊。咦，傅先生，你這麼說是在對我用激將法嗎？」

傅華覺得談的也差不多了，就說：「好了，冷小姐，你就別開玩笑了。你現在看到我了，好奇心也滿足了，是不是我們可以握握手，然後各自該回哪兒就回哪兒去呢?!」

冷子喬聽了說：「別啊，傅先生，我們點了一桌子的菜都還沒吃，我的肚子還餓著呢，你是不是發揮一下紳士風度，陪我一起吃完啊？」

傅華笑說：「這倒可以，我也正餓著呢。」

冷子喬招呼說：「那還等什麼，趕緊吃啊。我跟你說，這裏的骰子牛排、香茅烤魚都很不錯的。」

兩人便大快朵頤起來。

「誒，冷小姐，我能不能拜託你件事啊？我想讓你回去告訴胡夫人，今天的相親因為你看不上我，所以沒有成功，這樣胡夫人就不會覺得我跟你見面是為了敷衍她了。」

冷子喬爽快地答應說：「我本來就是想這麼告訴她的啊，要是我跟她說，我跟你連飯都沒吃就分手的話，那我豈不是很沒面子啊！」

「誒，傅先生，我很想知道被人用槍指著腦袋是一種什麼樣的感覺？當時你在想什麼啊？」冷子喬突然問道。

傅華不好意思地說：「胡夫人真是的，怎麼連這都跟你講啊？」

冷子喬說：「她要介紹你給我，當然要講講你的英雄事蹟啦。」

傅華嘆說：「這可算不上什麼英雄事蹟，我那是被逼上梁山的，一般人在那種情況下都會那麼做的，我總不能看著我的妻兒因為我而失去性命吧，其實我當時怕得很，腦海裏想的都是怎麼才能夠找機會活下來。」

冷子喬說：「傅先生，你這是在盡力的貶低自己嗎？要做到這一點，需要很大的勇氣，懦夫是不會用自己的命去換妻子和兒子的。」

傅華感慨地說：「我不覺得這有什麼好吹噓的，反而覺得這件事我做的很失敗，我失去了一直在盡力維護的東西。」

「那你現在後悔了嗎？」

傅華搖搖頭說：「談不上什麼後悔不後悔，但是有些事如果能夠有機會重新再來的話，我也許不會那麼做了。」

冷子喬露出微妙的表情說：「傅先生，你現在的神態終於讓我知道什麼是滄桑感了。」

傅華笑說：「這下你不失望了吧？」

冷子喬聳了聳肩說：「本來就沒什麼失望不失望的，只是你跟我想像的有些不一樣。」

傅華好奇地問：「你想像中的我是什麼樣子的啊？」

冷子喬想了想說：「我感覺你應該是一個很開放的男人，為什麼在我面前你表現得這麼保守啊，難道是我引不起你的興趣嗎？」

傅華不禁說：「我們今天才認識，你怎麼會覺得我很開放啊？」

冷子喬取笑說：「一個能在網路上搜尋到艷照的男人，不是應該很開放嗎？」

傅華尷尬地說：「想不到你還真做了不少的功課嘛。」

「你都說了，現在是網路時代，搜索一下要相親的對象不是很正常的嗎？」冷子喬說：「其實你不用覺得不好意思，我也不覺得這有什麼。」

傅華有些哭笑不得地說：「還好我沒在你面前裝什麼聖人，不然被你拆穿可就窘了。」

談笑間吃完晚餐，傅華買了單，兩人就各自上車，各奔東西了。

傅華回到笙篁雅舍，剛停好車，手機就響了起來，他笑了一下，心知這是胡夫人打電話來詢問相親結果的。

「阿姨，您還沒睡啊？」

胡夫人說：「當然沒睡啊，我在等你們的電話呢，你對冷家那個女孩子的印象如何啊？」

傅華因為已經拜託過冷子喬，讓冷子喬在胡夫人面前拒絕他，就想恭維冷子喬幾句好話，以顯示他是認真地對待這次的相親，便說：「阿姨，那個女孩子很好啊，又漂亮又風趣，我很喜歡；只是人家那麼年輕，條件又那麼好，會不會看不上我啊？」

胡夫人高興地說：「這個你不用擔心，剛才那個女孩給我電話了，她說你很不錯，是她喜歡的類型，她願意跟你做朋友談談試試。所以傅華，加油吧，這麼好的女孩可別放過了。」

「什麼?!」傅華有些不敢相信地說：「阿姨，她真的這麼跟你說嗎？」

胡夫人說：「是啊，千真萬確，怎麼，你覺得我在騙你嗎？」

傅華感覺被冷子喬耍了一道，心裏是又好氣又好笑，沒想到冷子喬居然會這麼說！現在的女孩還真是令他有些傻眼，感情的事也是能開玩笑的嗎？

胡夫人在電話那邊說道：「誒，傅華，你怎麼不說話了？」

傅華說：「沒事阿姨，我只是沒想到她會這麼說。」

胡夫人笑笑說：「這有什麼好奇怪的？你現在要事業有事業，長得又帥，正是黃金單身漢，女孩子喜歡你很正常啊。好了，既然你們彼此都有意，那就好好相處吧。」

傅華這時候也不能跟胡夫人說他其實是不想跟冷子喬繼續發展下去，只好說：「好的，阿姨，謝謝您了。」

結束通話後，傅華馬上撥通冷子喬的號碼，想要質問冷子喬為什麼要那麼跟胡夫人講。但電話通了之後，他又覺得這麼做很沒意思，搞不好上了冷子喬的當，也許冷子喬正等著他打電話過去呢，就趕忙掛斷了；反正他也沒打算跟冷子喬發展下去。

傅華正要往大廈裏走時，手機再次響了起來，居然是冷子喬打來的。

傅華猶豫了一下，接通電話，冷子喬的聲音傳了過來：「傅先生，是不是胡夫人已經跟你通過電話了？」

傅華不禁埋怨道：「是啊，冷小姐，胡夫人已經跟我通過話了。我有些不明白，我們不是講好了你會回絕胡夫人的嗎？怎麼你又變卦了呢？」

冷子喬說：「不好意思啊，本來我是要回絕的，但是臨到開口，我又找不到理由了。」

「怎麼會找不到理由呢？」傅華有些生氣地說：「你看我離過婚，有孩子，年紀又比你大，隨便一條都可以拿來做回絕的理由。」

冷子喬回說：「這些胡夫人早都告訴我了，我說沒問題，胡夫人才同意安排我們見面的，現在我又怎麼能拿這些來回絕胡夫人呢？」

「不是吧？」傅華無奈地說：「冷小姐，你到底有多想嫁人，才會對我這樣差的條件都能接受啊？」

冷子喬辯稱說：「我當時就是覺得很好玩，想看看你究竟是個什麼樣的男人而已。」

傅華苦笑說：「既然你不好回絕，在我拜託你的時候，你就應該跟我說明白，那樣我也可以回絕胡夫人的。」

「那我不就很沒面子了嗎？」冷子喬反駁說：「跟你說實話，我媽其實不答應我跟你見面，是我非要去的，如果我回去告訴她，條件這麼差的的男人都還看不中我，那她不知道要怎麼笑話我了！」

傅華莫可奈何地說：「冷小姐，我可真是服了你了，你想的是不是也太複雜了些啊？」

冷子喬說：「好了，傅先生，你不要搞得這麼哀怨，我不會讓這個狀態持續很久的，過幾天我就會跟胡夫人說，我覺得還是有點不太合適，因此我們分手了，問題不就解決了嗎？再說，其實你應該謝謝我才對。」

傅華沒好氣地說：「我明明被你耍了一道，怎麼還要謝你啊？」

冷子喬笑笑說：「你當然要謝我啦，你看，如果我們談一段名義上的戀愛的話，胡夫人就不會再要給你介紹什麼女朋友了，你就可以清閒一段時間了。」

傅華啼笑皆非地說：「好吧，謝謝你幫我爭取一段清閒的時間。」

冷子喬得意地說：「不用客氣，不過有件事我要事先聲明，你可不准利用這個機會趁機追求我，或者逼我做一些我不願意做的事情啊。」

傅華笑說：「你放心吧，我才沒那麼無聊呢。再見。」

傅華收起手機，搖了搖頭，正要踏上門口的臺階時，這時門口忽然閃出兩名黑衣男子，其中一名男子衝著傅華笑了笑，說：「傅先生，這麼晚才回來啊？」

傅華以為跟他說話的男人也是笙篁雅舍的住戶，不疑有他，就點頭笑了一下說：「是啊，我剛在外面吃了飯回來。」

就在傅華的注意力集中在跟他說話的這名男子身上的時候，另一名男子迅速的靠了上來，傅華意識到有些不妙，回頭正想問那名男子想幹嘛時，就看到男子手持一支白色的注射器，插在他脖子上。

傅華才剛想喊救命，腦中卻是一陣麻痺，嘴巴張不開，隨即他的意識也徹底的消失了。

傅華醒來時，眼前漆黑一片，周邊一點亮光都沒有，他活動了一下胳膊，雖然仍然有麻痺的感覺，但是大腦已經恢復了知覺，他往四周摸索著，想要搞清楚自己究竟身在何方。

四周空蕩蕩的，傅華摸索了半天才摸到牆壁，他扶著牆壁站了起來，然後扶著牆壁邊慢慢地走，邊走邊想著到底是誰把他綁架到這個屋裏的。

他最大的懷疑對象自然是齊隆寶，但是齊隆寶已經離開秘密部門，應該沒有這個能力了，難道是雷振聲挾怨報復？

正當傅華胡思亂想的時候，他的腳下忽然一絆，似乎地上有什麼東西在那裏。傅華扶著牆慢慢的蹲下來，然後靠手的觸覺去摸索地上的東西。

他首先摸到的是柔軟的布料，繼續往上摸，摸到一條人的大腿，這條腿還有溫度；同時他的鼻子嗅到了女人身上才有的那種脂粉味。

傅華猜測地上應該躺著一個女人，這個女人大概跟他一樣，也被人注射了麻醉藥綁架到這裏來的。

傅華伸手在他摸到的大腿上拍了拍，說：「你是誰啊？怎麼會到這裏來的？」

好半天女人都沒有回應，傅華加了把力氣，再次拍拍女人的腿，問道：

「喂，你究竟是什麼人啊，怎麼會跟我一樣在這裏呢？」

女人依舊毫無反應，傅華猜想女人也許是身上的麻藥藥效還沒過，還在昏迷中，所以才會毫無反應。他突然想到，這個女人既然跟他放在一起，肯定和他有某種關聯，說不定是他認識的人。

傅華開始往女人上身摸過去，想摸摸這個女人的臉是什麼樣子，他從女人細膩光滑的脖子、下巴一路順著往上，雖然他把女人的臉摸了個遍，但還是沒有辨認出這個女人究竟是誰。

這時，他的眼睛慢慢適應了漆黑的環境，影約可以辨識到眼前很近的一些事物，就湊近了女人的臉，想得到多一點訊息。

聽到女人均勻細長的呼吸，讓他心安一些，這表示雖然女人還在昏迷狀態，但起碼身體是健康的，沒有受到什麼傷害。他往前湊得更近一些，馬上感受到女人臉上傳來的溫度。

這時女人突然嗯了一聲，醒了過來，發覺有人貼近她的臉，似乎企圖不軌，便反射動作地一巴掌拍在傅華臉上，很自然的罵了句混蛋。

雖然被打了一巴掌有些疼，傅華心中卻有一絲驚喜，因為女人的動作和聲音他很熟悉，不禁叫了一聲：「是你啊，羅茜男。」

羅茜男聽到傅華的聲音，遲疑了一下，說：「傅華，是你嗎？」

「是我！你沒事吧？」傅華這時的語氣中已經沒有一開始的驚喜了，因為他意識到他們的處境很危險。

羅茜男動了動胳膊手腳，鬆了口氣說：「身體沒事，只是我怎麼會到這裏來了？」

傅華苦笑說：「我也不知道我是怎麼來的，我只記得我在家門口被人在脖子上打了一針，然後就昏了過去，醒來時就在這裏了。」

羅茜男回憶說：「我好像也是這樣，我正要拿鑰匙開門，突然有人從旁邊闖出來，我還沒來得及反應，那人就給我打了一針，然後我就什麼都不知道了。」

「你沒帶保鑣嗎？」傅華問。

羅茜男說：「帶了，不過我讓她把我送到門口，就讓她回去了。你呢，你不是也帶了保鑣嗎？」

傅華苦笑說：「今晚胡夫人讓我去跟一個女孩子相親，我覺得帶司機在身旁有些礙事，就自己開車去了。」

羅茜男有趣地說：「誒，那個女孩子漂亮嗎？」

傅華沒好氣地說：「這時候你還有心情問她漂不漂亮啊？」

羅茜男開玩笑說：「起碼搞清楚你為她付出這麼大的代價，到底值不值得啊？」

傅華說：「是不錯，聰明漂亮，性格也很爽朗。」

羅茜男說：「這麼說你會和她交往啦？」

傅華白了眼羅茜男說：「現在的問題不是這個吧，而是該想想這個處境下我們要怎麼出去，還有齊隆寶綁架我們究竟想幹什麼？」

羅茜男絕望地說：「傅華，我真後悔，那時沒有馬上找人去滅了他，那樣就不會發生這種事了。」

傅華搖頭說：「他可是魏立鵬的兒子，你真的滅了他，恐怕相關部門挖地三尺也會把你給找出來的。」

羅茜男忿忿地說：「起碼也讓齊隆寶給我做陪葬。」

傅華冷靜地指揮說：「這時候發狠對我們來說毫無益處，我們不能就這麼坐在這裏等死，快起來，我們摸著牆壁分別往兩邊走，這個屋子肯定是有出口的。」

「別啊，」羅茜男抓住傅華的手，恐懼地說：「傅華，你千萬不要離開我身邊，要走你帶著我一起走。」

傅華不禁失笑：「羅茜男，你不是一向膽子都挺大的嗎？」

羅茜男不好意思地說：「可是我很怕黑，尤其是這種伸手不見五指的情況，你如果讓我一個人面對的話，我恐怕會嚇死的。」

「好，我帶你一起走就是了。」

兩人就扶著牆壁站了起來，羅茜男緊緊地攥著傅華的胳膊，跟著傅華摸索著往前走。

走了一會兒，傅華在牆壁上摸到一條縫隙，沿著縫隙，摸出門的形狀，門被密封得很緊，紋絲不動，傅華和羅茜男用力的敲打門，大喊道：「有人嗎，救命啊！」

喊了半天，外面絲毫沒有動靜，兩人喊累了，頹然地坐到地上。

羅茜男哽咽地說：「傅華，我們這次真的完蛋了。」說完，便放聲大哭了起來。

傅華力圖鎮定地安慰說：「好了，羅茜男，你先別急著哭，我們還沒到最後的時刻呢。」

羅茜男哭喊說：「可是我們根本就無法從這個屋子裏出去，最後我們會餓死在這裏的。」

傅華研判說：「齊隆寶不會讓我們就這麼死在這裏的，他如果想讓我們死，其實很簡單，把我們麻醉後，直接找個沒人的地方殺掉或者扔河裏就好了，根本不用費這麼大勁找這麼個黑屋子來關著我們。」

羅茜男聽了說：「那你說他把我們抓來這裏，究竟想要幹什麼啊？」

傅華思考說：「我想他還是在打熙海投資和豪天集團的主意，可能想要困住我們幾天，然後逼我們簽一些資產轉讓之類的協議書，好把熙海投資和豪天集團的資產給奪走。」

「不行，」羅茜男堅決地說：「豪天集團是我和我父親靠血汗賺來的，我寧死也不會簽的。」

傅華苦笑說：「羅茜男，你還真是捨命不捨財啊，眼前這種狀態下，你不簽，恐怕命就沒了，就算豪天集團沒有落到齊隆寶和睢才燾的手中，對你也沒什麼意義了。」

羅茜男說：「傅華，你別太天真了，這時候你還不明白嗎，我們簽不簽轉讓協議，恐怕都無法從這裏出去的，齊隆寶和睢才燾費這麼大勁把我們關在這裏，肯定是想置我們於死地的。」

沉默了一會兒，傅華說：「誒，羅茜男，那一次我跟你說，要你做一些必要的準備，你做了嗎？」

羅茜男恨恨地說：「我早就在律師那裏立好遺囑，把我名下的所有產業都留給我父親，並且交代如果我出了什麼閃失，罪魁禍首一定是睢才燾和齊隆寶。我想，我父親一定會想辦法給我報仇的。」

傅華點點頭說：「我也做了準備，一旦我發生意外的話，所有資產都交給湯曼幫我管理。」

「湯曼？」羅茜男笑說：「原來你跟她早就有一腿了啊。」

傅華趕忙澄清說：「你別胡說八道好嗎？我讓她幫我管理資產是因為我信任她，並不是因為我跟她有什麼私情。」

羅茜男不相信地說：「傅華，都到了這般田地，你就別那麼虛偽了，男女之間能夠那麼信任，肯定是夾雜著感情因素的，你敢說你對她就一點想法都沒有嗎？」

傅華說：「這個我承認，男人對漂亮的女生都會有想法的。」

這時，傅華感覺到羅茜男攥著他胳膊的手力道忽然大了起來，趕忙問道：「羅茜男，你怎麼了，什麼地方不舒服嗎？」

羅茜男扭捏地說：「傅華，我想方便一下。」

傅華不覺啞然失笑，想了想說：「這樣吧，我先往旁邊走開一下，你就地解決吧。」

羅茜男卻把傅華的手攥得更緊了，說：「你別走，你就在這裏把身子轉過去，別看我就行了。」

傅華忍不住笑說：「羅茜男，你平時身上那股凶狠勁都到哪兒去啦？」

「別囉嗦了，」羅茜男急急叫道：「趕緊轉過身去，我憋不住了。」

傅華笑笑說：「好吧，我轉過身去就是了。」

傅華就轉過身，然後羅茜男蹲了下去，還不放心地說：「誒，你可別偷看啊。」

傅華催促說：「你快點吧，我現在就是想偷看也看不見的。」

羅茜男這才沒再說什麼，緊接著，傅華就聽到嘩嘩的聲音。

羅茜男很快方便完站了起來，傅華說：「羅茜男，你最好趕緊適應一下黑暗的環境，我等會兒可能也要方便的，那時候你總不能站在我身邊吧？」

羅茜男回說：「你害什麼羞啊，反正我也一樣是看不見的。」

羅茜男這是不準備走開迴避的意思了，傅華不由得苦笑說：「齊隆寶這混蛋還真是缺德，要關我們也該找個帶洗手間的地方關啊！」

羅茜男笑了起來，說：「你想得倒美，他如果那麼有人性的話，也不會把我們抓來關起來的。唉，也不知道這個混蛋什麼時候出現，我現在真的很希望他快點露面，趕緊給我們個痛快，也省得我再受這種齷齪。」

傅華沉默了。這時候他們的心情十分複雜，齊隆寶的露面意味著即將發生更壞的事，但同時，他們又盼望齊隆寶趕緊現身，因為這種在惶恐中等待的感覺，實在是太令人煎熬了。

第三章

趁火打劫

湯曼說：「葵姐，拜託你跟馮董說，
只要馮董願意出手救傅哥，
熙海投資願意將金牛證券讓出來。」
馮葵說：「馮家絕不會做這種趁火打劫的事，
金牛證券我爸不會要的。
小曼，你代我好好照顧他吧。」

第二天一早，雷振聲按時到駐京辦上班，只是他跟同事打招呼的時候，有些不好意思，深怕別人看他的異樣目光。進了辦公室後，就待在裏面不再出來。

羅雨去傅華的辦公室，有一項工作要向傅華請示，見傅華還沒來，就離開了。傅華有時候會在直接去部委辦事，沒來辦公室也很正常，便沒有多想。

發現傅華失蹤的是湯曼。湯曼打電話給傅華，她弄好金牛證券購買辦公大樓的方案，想要問傅華的意見。結果發現傅華辦公室的電話沒人接，手機也打不通。

吃過午飯，湯曼再打傅華的手機，發現傅華的手機還是關機狀態，這時候湯曼感覺事情有點不太對勁，她立即回到駐京辦，問了駐京辦的人，知道傅華今天都沒出現。湯曼趕忙打到傅華笙篁雅舍家裏，電話沒人接，顯然傅華不在家。她有點納悶傅華究竟去哪裡了。

等到傍晚還是聯繫不上傅華的時候，湯曼就有點慌了，她先聯繫了鄭莉，問鄭莉知不知道傅華去哪裡了，鄭莉說，她除了傅華去鄭老那裏看傅昭的時候會偶爾碰到傅華之外，其他的時候都跟傅華沒什麼聯繫，並不知道傅華去了哪裡。

湯曼又找到趙婷的聯繫方式，打電話問趙婷，趙婷也不知道傅華的行蹤，這時候湯曼有些慌了，覺得傅華很可能是出了什麼事，只好打給湯言，問湯言有沒有辦法帶她去傅華家中看看。

湯言一聽湯曼說到處都聯繫不上傅華，也覺得傅華可能出了什麼事，於是找了一個警方的朋友，打開傅華的家，發現傅華並沒有在家中。

湯言的朋友立即調閱笙篁雅舍的監控錄影，發現傅華在昨晚回到笙篁雅舍的時候，被兩個陌生男人給扶著送上車，然後就不知去向了。

這兩個男人很懂得避開監視器，在監視器能拍到的地方，故意低著頭，所以只拍到帶走傅華的是兩個穿黑衣服的男人，並沒有拍到兩個人的臉長什麼樣子。

這時候，已經可以確定傅華是被綁架了，於是湯曼和湯言到警局報案。

綁架本來就是重刑，又發生在京畿重地，加上傅華的身分特殊，警方自然十分重視，為此特別成立了項目小組，萬博作為刑偵總隊的副總隊長，在第一時間把情況通報給胡瑜非。

胡瑜非聽到傅華被綁架的消息，馬上就坐不住了，他知道傅華可能遭遇到什麼樣的人，更知道那些人心狠手辣。當初齊隆寶可是用槍頂著傅華的腦袋過，如果不是萬博及時趕到，傅華差一點喪命。這次傅華面臨的情形比上一次更危險，如果傅華落到他的手中，幾乎沒有生還的可能。

胡瑜非就告訴萬博，他懷疑這件事與齊隆寶和睢才燾有關，所以叫萬博想辦法監控齊隆寶和睢才燾的動向，也許從這兩個人身上能夠找到傅華的下落。接著打電話給楊志欣，著急地說：「志欣，傅華出事了。」

楊志欣還沒有意識到問題的嚴重性，慢條斯理地說：「出事？傅華出什麼事了？」

胡瑜非生氣地說：「出什麼事，他被人綁架了！都是你們這些官老爺們，成天搞這個平衡，照顧那個面子的，明知道那個混蛋齊隆寶有問題，卻不把他抓起來，現在可好，壞人繼續風光地做他的官，好人卻被綁架，生死不知。」

楊志欣一聽傅華被綁架了，這才急急地說：「怎麼回事啊，報警了沒有？」

胡瑜非說：「報警了，不過萬博說綁匪的犯罪手法很高明，監視器根本就沒拍下歹徒的臉，帶走傅華的那輛車，車牌也是假的，所以目前警方毫無進展。」

楊志欣習慣性地說：「這樣怎麼行，瑜非，這樣吧，我會督促警方，讓他們集中精幹力量，全力破案。」

胡瑜非很不高興的說：「志欣，你現在真是官做得太大了，跟我都打起官腔了，你這麼督促有用嗎？你應該很清楚傅華是被誰綁架的，警方根本就不是齊隆寶的對手。」

楊志欣苦笑說：「可是在法定程序上，只能交由警方來辦啊。」

胡瑜非火大地說：「你要給我談法定程序嗎？好，那我跟你談法定程序，法定程序可沒要求傅華幫你收集睢心雄的罪證，法定程序也沒講一個秘密部門的官員接觸美國間諜可以不被調查，全身而退……」

「好了，好了，」楊志欣打斷了胡瑜非的話，說：「瑜非，你別說了，我又不是不想救傅華，你就直說要我怎麼做就是了。」

胡瑜非要求說：「我要你去找秘密部門的人，傅華可是幫他們除掉了一個很大的隱患，現在他被綁架很可能也與這件事有關，我想讓他們動用秘密部門的力量，儘快的把傅華找出來。」

「這個嘛，」楊志欣猶豫地說：「瑜非，我是可以去找他們，不過恐怕無法命令他們這麼做。」

胡瑜非氣呼呼地說：「我知道你對他們有顧忌，這樣吧，你不想做壞人我來做，你就跟他們的頭頭說，說是我胡瑜非說的，傅華是因為他們縱放齊隆寶才遭此橫禍，因此他們對救傅華的事責無旁貸；如果傅華這次有什麼閃失的話，我一定把齊隆寶跟美國間諜有接觸的事全給抖出來，我倒想看看，到時候這些頭頭們還能不能保住他們的位子。」

楊志欣說：「瑜非，你這話可是有點過頭了，現在還沒有查明就是齊隆寶做的嘛。」

胡瑜非吼了起來：「楊志欣，你這話說的還有人味嗎？你讓傅華幫你做的事，哪一件不過頭啊，他會被人綁架還不是因為你的事?!我可跟你說，這次傅華沒什麼事也就罷了，如果他因此丟了性命的話，你別怪我不認你這個朋友！」

楊志欣低聲說：「我也沒說不去找秘密部門的人啊。」

胡瑜非命令地說：「那你趕緊去，多耽擱一分鐘，傅華就多一分危險。還有，你找完以後趕緊給我個信。」

掛斷楊志欣的電話後，胡瑜非又打電話給萬博，追問道：「你那邊的情況怎麼樣了？有沒有什麼新的線索？」

萬博說：「我們正在全力追查，遺憾的是，目前並沒有發現什麼新的線索，綁匪也沒有任何勒索的消息傳來；再是睢才燾現在人不在北京，他在外地幫睢心雄忙上訴的事呢。」

胡瑜非沉吟說：「看來這傢伙是故意躲出去了。那齊隆寶呢？」

萬博說：「齊隆寶也是正常的上下班，沒什麼異常的舉動。」

胡瑜非失望的說：「這麼說，就是你們警方一點有價值的線索都沒有發現了？」

萬博說：「是啊，胡董，綁架傅華的傢伙真是太狡猾了，我們到現在也沒發現什麼可以追查下去的線索。」

胡瑜非嘆了口氣說：「我知道這次傅華遭遇到的對手很強，不過還是希望你們警方再加把勁，傅華的生死可就全繫在你們身上了。」

萬博說：「我知道胡董，我會督促項目小組儘快破案的。」

過了一個小時，楊志欣電話打了過來，說：「瑜非，我把情況跟安部長說了，安部長聽傅華被綁架也很焦急，馬上就安排人對齊隆寶最近幾天的行蹤進行了調查；遺憾的是，齊隆寶最近一直都老老實實的待在單位，也沒跟外面發生什麼值得懷疑的聯繫，目前看來從他身上找不到什麼突破口。」

胡瑜非急說：「等什麼突破口啊，傅華命在旦夕，這種狀況下，安部長就應該馬上把齊隆寶給抓起來審問的。」

楊志欣勸說：「瑜非，你理智一點好不好，我知道你非常擔心傅華的安危，我也很擔心啊，但是你也應該很清楚，沒什麼明確的證據，相關部門是不可能對齊隆寶有什麼強制行為的。」

胡瑜非知道楊志欣說的也是實情，齊隆寶是魏立鵬兒子的這個身分，讓很多人對他有所顧忌，貿然就採取行動抓捕齊隆寶，最後如果找不到什麼能夠指證齊隆寶的證據，相關部門將會很難收場。

胡瑜非無奈的說：「那怎麼辦？就這麼眼睜睜的看著傅華出事？」

楊志欣說：「當然不會了，安部長說他們不會坐視傅華遭遇不測的，他們會用他們的管道調查這件事，同時已經安排了人二十四小時監控齊隆寶的行蹤，如果齊隆寶真的跟傅華被綁架有關，他們一定會發現些什麼的。」

胡瑜非知道秘密部門這麼做已經是盡了最大的力量，也就不好再去責備楊志欣什麼，便說道：「看來眼下也只能這樣了，志欣，這段時間你要跟安部長多保持聯繫，發現什麼新的情況及時跟我通報。」

楊志欣說：「你放心，安部長跟我說了，發現什麼新情況他會及時跟我通報的。」

結束跟楊志欣的通話，胡瑜非沮喪的走到窗前，天空一片漆黑，夜深了，現在他能用的手段都已經用了，傅華卻仍是下落不明、吉凶未卜，這讓他感到分外的無力。

羅茜男的失蹤則是在第二天早上，才被她的父親羅由豪發現的，豪天集團的員工發現一整天都聯繫不上羅茜男，把這個情況跟羅由豪彙報。

羅茜男住的是自己另外買的房子，並沒有跟家人住在一起，羅由豪跑去羅茜男的住處，發現羅茜男不在家，家裏的床很整齊，羅茜男昨晚並沒有回來睡過的樣子，羅由豪就有些不祥的預感，便趕緊打電話給傅華，傅華的電話竟然關機，心中不安的感覺更加強烈。

他匆忙趕去駐京辦，看見羅雨和湯曼等人正聚在傅華的辦公室裏，焦急地等待警方的消息，才知道傅華被綁架了。

羅由豪到這時不再心存僥倖，也趕忙報了警，警方隨即去羅茜男住的社區調取監視畫面，發現羅茜男也被用跟綁架傅華一樣的手法被人擄走。

考慮到羅茜男和傅華存在著緊密的合作關係，加上綁架他們的手法相同，警方認定綁架他們的是同一夥人，因而將兩個案子併入一個項目小組。羅茜男是羅由豪的寶貝女兒，他心想：不能把所有的希望都寄託在警方身上，於是報警之後，馬上又去找了劉康。劉康聽說傅華和羅茜男一起被綁架了，也十分焦急，立即派出自己的人四處打探消息。

但是令劉康和羅由豪失望的是，他們沒有找到與兩人被綁架的任何消息，於是聯手發佈了懸賞令，只要任何人能夠提供與綁架案有關的情報，他們願意提供一百萬作為獎金；更加碼說，如果根據提供的情報找到羅茜男和傅華，獎金翻倍。與此同時，警方也在各大媒體發佈了懸賞公告，任何市民能夠提供相關線索的，警方也有一筆豐厚的懸賞獎金。

趙凱和趙婷得知消息，也是焦急不已，動用了通匯集團所有能夠動用的關係協助尋找；鄭莉雖然和傅華離婚了，兩人畢竟曾經深愛過，傅華又是傅瑾的爸爸，聽到這件事，自然不可能坐視不理，於是鄭家也動用了各種管道，盡力想要救出傅華。

有如此多的人在關心這件案子，一時之間，相關的高層部門都因為傅華和羅茜男被綁架這件事，氣氛分外緊張。

隨著時間一分一秒的過去，離傅華被綁架的時間已經足足過去了四十八小時，仍然沒有傅華和羅茜男的消息，眼看就要錯過最佳的救援時間，湯曼急得都快要瘋了。

連續兩夜未睡的湯曼，眼睛裏充滿了血絲，過去的兩天，她一直待在傅華的辦公室裏接電話、等消息。

這時，有人敲門走了進來，來人是個年輕的女人，不是特別的漂亮，但是氣質出眾，是那種站在人群中第一眼就會被注意到的那種女人。

雖然這個女人一看就不是普通人，但是湯曼卻沒有什麼心情去跟她寒暄，她心力交瘁地說：「如果你是來提供與綁架案有關的消息，我們十分歡迎；但是如果你來是為了別的事，請先離開吧，傅華人現在下落不明，任何事情都無法處理。」

「你們到現在還沒有任何傅華的消息嗎？」來人焦灼的問道。

聽女人的口吻也十分關心傅華的安危，湯曼仔細看了看女人，注意到女人的眼神中充滿了關切，神色顯得十分疲憊，一看也是沒休息好的樣子。

女人看湯曼在打量她，強笑了一下，說：「你應該是湯曼吧，我曾經聽傅華說過你。」

「我就是湯曼！」湯曼大致猜到這個女人是誰了，「我想你也該出現了。」

「你知道我是誰？」女人有些詫異地說：「傅華跟你說起過我嗎？」

湯曼點點頭：「你應該就是馮葵小姐了，傅哥跟我說過你，雖然他一直強調你們只是朋友，但我可以感覺得到，他十分在意你，前些日子他之所以跟你父親爭奪金牛證券，我猜很大一部分原因是為了跟你賭氣。」

馮葵苦笑說：「那是他放不下，其實我跟他的事已經是過去式了。」

湯曼不禁反問：「你說他放不下，那你放下了嗎？」

馮葵沒有回答，說：「好了湯小姐，我來不是要跟你探討我和傅華的感情問題的，我是想問一下傅華被綁架這件事，你們有什麼進展，你能把詳細情況跟我說明一下嗎？」

湯曼點點頭，便將事發的經過一五一十地告訴了馮葵。

在湯曼跟馮葵講述傅華被綁情形的同時，離傅華辦公室不遠的另一間辦公室裏，雷振聲正在跟姚巍山通電話，他們聊的也是關於傅華被綁架的事。

在得知傅華被綁架的第一時間，雷振聲就將這個消息立即彙報給姚巍山。姚巍山意識到這是一個掌控駐京辦的好時機，也給了雷振聲留在駐京辦的理由。

看來傅華是凶多吉少，既然他不能管理駐京辦了，姚巍山便可以通過運作，讓雷振聲成為新的駐京辦主任，就算傅華能夠回來，也大可讓雷振聲利用駐京辦這段權力真空的時間，對傅華在駐京辦的所作所為進行全面徹底的瞭解，從而為將來對付傅華奠定基礎。

姚巍山便說：「小雷，傅華被綁架的這段時間，駐京辦必須要有一個有能力的同志把他的工作給擔起來，所以暫時你還是先留在駐京辦，幫駐京辦度過這次危機再說。」

雷振聲本來就不想離開駐京辦，聽了自然點頭稱是：「好的姚市長，如果駐京辦還需要我，那我就暫且留下來吧。」

姚巍山交代他：「既然留下來，那你對駐京辦的事要多留意一下；還有，傅華被綁架這件事，有什麼新的進展隨時跟我彙報。」

今天雷振聲打電話給姚巍山，就是向他報告案情的發展。

姚巍山聽了說：「小雷，就你彙報的內容來看，傅華短時間內是不太可能回來主持駐京辦的工作了。這時候，你要充分發揮主動性，聯合林東同志，把駐京辦的事務管理好，將來傅華回來，你們就可以將一個井井有條的駐京辦交回給他了。」

雷振聲聽出姚巍山這是讓他趁此時聯手林東，全面控制駐京辦的事務。傅華不在，只剩下一個羅雨孤掌難鳴，他在駐京辦大可以為所欲為。

雷振聲馬上信誓旦旦地說：「我明白，姚市長，我一定會在這個危急時刻幫傅主任管理好駐京辦的。」

姚巍山滿意地說：「你有這個意識很好，另外，有幾件事你一定要注意。首先，駐京辦是隸屬於海川市政府的，傅華不在，你不能放任一些不相關的人員隨便去插手駐京辦的事，也不能讓不相關的人去動傅華辦公室的東西。」

雷振聲納悶地問道：「姚市長，您這是什麼意思啊，並沒有什麼不相干的人來插手駐京辦的事啊？」

「你是不是糊塗了？」姚巍山有些不高興的說：「你不是跟我說這兩天那個湯曼一直待在傅華的辦公室裏嗎？」

雷振聲說：「是啊，那是因為懸賞公告上把傅華辦公室的電話作為聯繫電話，因此她待在那裏接聽市民提供有關綁架案的舉報電話。」

姚巍山斥責說：「你管她在那裡做什麼啊！她是海川駐京辦的人嗎？難道懸賞公告上只公佈了傅華辦公室一支電話而已？警方不是也公佈了專線電話嗎！你讓湯曼一直待在傅華的辦公室，可是會影響到駐京辦的正常工作秩序的。」

雷震聲立即唯唯諾諾地說道：「好的，姚市長，我讓湯曼馬上離開傅華的辦公室。」

姚巍山說：「這就對了嘛。還有啊，傅華不在的期間，你和林東必須對駐京辦現有的資產做一個全面的瞭解，查一下駐京辦究竟擁有多少資產；特別要注意熙海投資的資產狀況，以確保駐京辦的資產不受侵害。」

有姚巍山撐腰，雷振聲結束跟姚巍山的通話後，馬上就去了傅華的辦公室，也沒管湯曼正在接待客人，趾高氣昂地指著湯曼命令說：「湯小姐，現在請你馬上離開這間辦公室。」

此刻，湯曼和馮葵都因為她們愛著的那個男人生死未卜而心情沉重，沒想到雷振聲就在這時候闖了進來、沒禮貌地趕人。

湯曼當即站了起來，不客氣地回說：「你什麼意思啊，我在這裏等人提供重要的消息，你憑什麼叫我離開啊？」

「為什麼不能叫你離開啊，」雷振聲冷笑一聲說：「這裏是海川駐京辦主任的辦公室，你又不是駐京辦的人，沒有資格待在這裏，請你自動離開。還有，湯小姐，請你回去準備一下，海川駐京辦想要核查一下資產，因此請熙海投資提供相關的帳目。」

湯曼冷冷地看著雷振聲，說：「雷振聲，你算什麼東西，傅哥才是駐京辦的主任，你有什麼資格在這裏發號施令啊？」

雷振聲冷笑一聲，說：「湯小姐，你的傅哥還不知道現在在哪裡呢，我是駐京辦的副主任，有權管理駐京辦的事，你出不出去啊？不出去，我可叫保安了。」

「你這人什麼居心啊？」馮葵看雷振聲硬要攆湯曼也很氣憤，怒視著雷振聲說：「你明知道湯小姐在這裏是要處理傅華被綁架的事，卻還攆她，你這是想幹嘛？」

雷振聲冷冷地看了馮葵一眼，說：「羊圈裏蹦出個驢來，你算是哪根蔥啊，去去，我這是處理駐京辦內部的事務，不相干的人趕緊給我滾蛋。」

馮葵本來心情就不好，此刻見雷振聲這麼說她，越發地惱火，指著雷振聲的鼻子說：「你嘴巴給我放乾淨一點，你搞清楚，駐京辦的副主任又不是只有你一個，還輪不到你來發號施令，你把羅雨給我叫過來。」

傅華以前跟馮葵說過駐京辦的事，因此馮葵知道羅雨跟傅華算是同個陣線，羅雨應該會幫湯曼喝阻雷振聲的。

雷振聲此刻有姚巍山撐腰，哪還怕什麼羅雨啊，他笑了一下，不屑的對馮葵說：「不錯啊，你還知道羅雨，看來你對駐京辦還挺熟悉的。不過你叫羅雨來也沒用，我這是在執行海川市市長姚巍山的指示，現在請你馬上離開，不然的話，我可真的叫保安了。」

湯曼火了，衝著雷振聲嚷道：「你們這些官員到底還有沒有人性啊，傅哥現在生死未卜，你們不想著怎麼救人，想的卻都是爭權奪利，真是一群混蛋。」

雷振聲聽湯曼罵他，臉上就掛不住了，說：「你罵誰混蛋啊，你趕緊給我滾出去。」說著就要伸手去抓湯曼的胳膊，想把湯曼給拽出去。

湯曼看他伸手過來，厭惡的一巴掌將他的手打開，罵道：「你的髒爪子別來碰我，你這個猥褻婦女的流氓，真不是個東西，傅哥當初就不該去派出所救你的。」

湯曼的話戳到了雷振聲的氣管上，他的臉騰地一下子紅了，指著湯曼氣急敗壞地罵道：「你個臭女人，我今天不給你點顏色看看，我就不姓雷！」就撲過來，想要撲打湯曼。

馮葵怕雷振聲傷到湯曼，一把將湯曼拉到自己身後，然後順勢甩了一個耳光在雷振聲臉上，呵斥道：「姓雷的，你給我把手腳放老實點。」

此時的馮葵霸氣凌人，完全是一副大姐大的架勢，一下子把雷振聲給鎮住了。

趁著雷振聲怔神的當下，馮葵便對湯曼說：「湯小姐，走，我們先暫時離開這裏吧。」就拉著湯曼往外走。

湯曼心繫傅華的安危，擔心地說：「馮小姐，我不能離開，我還要在這裏等傅哥的消息呢。」

馮葵和顏安撫說：「你放心好了，我們只是暫時離開，馬上他就會請我們回來的。」

湯曼知道馮葵的身分來歷，她確實有說這種話的底氣，便點點頭，跟著馮葵往外走。

到門口的時候，馮葵回頭看了一眼還呆在那裏的雷振聲，冷聲說：「姓雷的，你給我聽著，我和湯小姐離開的這段時間，這裏的電話就交給你負責接聽了，如果你敢給我漏接一通電話，我會讓你生不如死的。」

說完，馮葵就帶著湯曼摔門離開了。

雷振聲這時才有點回過神來，衝著馮葵和湯曼離開的方向叫道：「你他媽誰啊，敢這麼威脅我，老子就不接電話，看你能把我怎麼樣?!」

不過，這時候雷振聲心裏已經有些膽虛了，馮葵表現出來的那種凌人氣勢，讓他意識到很可能惹到了惹不起的人，因此嚷到最後，聲音不禁低了八度，也不敢離開傅華的辦公室，真的待在電話邊，以免漏接重要的電話。

從傅華的辦公室裏出來，馮葵說：「湯小姐，我們去你的辦公室坐一下吧。」

湯曼點點頭，說：「好的，馮小姐。你剛才真的好棒啊，難怪傅哥會那麼喜歡你，你呵斥姓雷那混蛋的樣子，讓我都有些心動。」

馮葵搖搖頭，謙虛地說：「湯小姐，我跟傅華都是過去式了。還有，你別叫我什麼馮小姐了，我年紀比你大，你願意的話，叫我一聲葵姐好了。」

「好啊葵姐，你也別叫我湯小姐，可以叫我小曼，傅哥都是這麼叫我的。」湯曼高興地說。

說話間，兩人來到湯曼在熙海投資的總經理辦公室。

馮葵說：「小曼，我要給我姑姑打個電話。」

「行啊，葵姐，需要我回避嗎？」湯曼問。

「不用。」馮葵就撥通了馮玉清的電話。

馮玉清接了電話，笑著說：「小葵啊，怎麼想起給姑姑打電話了？」

別看馮葵在雷振聲面前表現的那麼強硬，其實她心中因為擔心傅華的安危很脆弱，馮玉清又是她最親的親人，聽到馮玉清的聲音，讓她不禁放下了強作堅強的一面，聲音哽咽的說：「姑姑，傅華被人給綁架了。」

「什麼?!」馮玉清驚叫說：「什麼時候的事？報警了沒有啊？」

馮葵泣道：「已經報警了，警方現在正在全力辦案，不過已經過去兩天了，還是沒有找到任何線索。我現在六神無主，真的很擔心他的安危。」

馮玉清畢竟是省委書記，比起馮葵來鎮靜許多，稍微思索了一下，說：「小葵，你先冷靜，別亂了陣腳。你先告訴我，傅華被綁架，有沒有讓你覺得可疑的人？」

「有，」馮葵說：「我向傅華的朋友瞭解了一下，有個叫做齊隆寶的人特別可疑。」

「齊隆寶？」馮玉清說：「這人什麼來歷啊？」

馮葵說：「這傢伙原來在秘密部門工作，算是一個級別不低的官員，傅華是因為睢心雄的事才惹上他的，傅華說這傢伙手段毒辣，擔心他會對我不利，所以不讓我去對付他。唉，我真不該聽傅華的話，如果那時候就把這人給處理掉，現在傅華就不會被綁架了。」

「你想得太簡單了，」馮玉清說：「連傅華都畏懼的人，肯定有很強大的背景。」

「是啊，這傢伙確實很有來頭，我剛剛才知道這個人竟然是魏立鵬的兒子。」馮葵說。

馮玉清聽了說：「魏立鵬的兒子！這就難怪了，魏立鵬是少數幾個還健在的元老之一，很少有人敢去招惹他們的。」

馮葵不平地說：「現在就卡在這裏，如果能把齊隆寶抓起來問一下，也許就能找到傅華，但是沒有人敢抓齊隆寶。」

馮玉清無奈地說：「魏立鵬那個人是出了名的護短，哪個部門如果敢抓齊隆寶的話，他肯定會打上門去要人的。」

馮葵擔心不已地說：「姑姑，那怎麼辦啊，我總不能這樣看著傅華而見死不救吧？」

「這個嘛——」馮玉清想了好一會兒，也沒想出什麼好主意來。

馮葵見馮玉清都有些為難了，心裏越發的焦躁，恨恨地說：「齊隆寶這個混蛋，如果傅華真有個三長兩短的話，我可不管是誰的兒子，一定用盡一切辦法整死你。」

「小葵，你這麼發狠是沒什麼用的，現在倒是有個辦法可能救得了傅華。」馮玉清說。

「什麼辦法？姑姑你快說啊。」馮葵一聽馮玉清說有辦法能救傅華，趕忙問道。

馮玉清說：「這個辦法就是找人去跟魏立鵬談一談，讓他逼著齊隆寶把傅華給交出來。」

本來以為找到希望的馮葵聽了，氣餒地說：「姑姑，您這不等於是沒說嘛，魏立鵬地位那麼高，誰有那個能力能夠讓他去逼著齊隆寶交出傅華來啊？」

「也不盡然，卞舟卞老就有這個能力！只是你要找卞老，就必須要通過你爸爸，不知道你要怎麼跟你爸爸解釋你跟傅華的關係啊?!」馮玉清為難地說。

卞老在過去是馮老的副手，黨內地位比魏立鵬還高，馮家跟他聯繫比較緊密的人是她的父親馮玉山，真要把他搬出來向魏立鵬施壓的話，恐怕必須要馮玉山出面才行，那樣馮葵勢必要坦白她和傅華的關係，馮玉山一定會因為她跟傅華這種不清不楚的關係而震怒，但是在傅華面臨生死危機的時刻，馮玉山的怒氣也就沒那麼令她恐懼了。

「姑姑，我馬上就去找我爸說這件事，只要能救得了傅華，他要怎麼處罰我都可以。只是在去找爸之前，有件事還需要麻煩姑姑幫我處理一下。」

馮玉清說：「什麼事啊，你說。」

馮葵就把姚巍山讓雷振聲把湯曼趕出去的經過告訴馮玉清。

馮玉清聽了，生氣地道：「姚巍山這個混蛋，在救人的關鍵時刻，他還有心思玩這些勾心鬥角算計人的小把戲，真是豈有此理！這件事情你別管了，我來處理，你告訴那個湯小姐，讓她在辦公室等著，一會兒姓雷的那個傢伙就會去請她回去的。」

馮葵感激地說：「謝謝您了姑姑，我馬上就去找我爸。」

馮葵結束了跟馮玉清的通話，湯曼在一旁已經聽到通話的內容，就說：

「葵姐，傅哥就拜託你了，拜託你跟馮董說，讓他一定要把傅哥給救回來，只要馮董願意出手救傅哥，熙海投資願意將金牛證券讓出來。」

馮葵說：「馮家絕不會做這種趁火打劫的事，金牛證券我爸不會要的。小曼，傅華能有你這個紅顏知己是他的幸運，如果這次他能平安回來，你代我好好照顧他吧。」

湯曼苦笑說：「葵姐，傅哥一直拿我當妹妹看，他真正喜歡的人是你。你肯出面救他，也說明你對他是放不下的，你才是那個應該跟他在一起、照顧他的那個人啊。」

馮葵痛苦地搖搖頭說：「我跟他有緣無分，終究會分開的；再說，我爸肯定是無法接納他的，所以我們以後不會再見面了。好了小曼，我不跟你多說了，我要趕緊去找我爸，晚了，我擔心傅華就救不回來了。」

湯曼也知道事態緊急，便說道：「嗯，葵姐，你趕緊去吧。」

海川市，市政府會議室。

姚巍山正在和相關部門的領導開一個抓安全生產的會議，秘書進來告訴他，省委書記馮玉清打電話來，說有緊急的事要找他，要他立刻回電。

姚巍山聽馮玉清找他，不敢怠慢，馬上就回辦公室打電話給馮玉清。

馮玉清劈頭就嚴厲的說道：「姚巍山，我現在命令你，第一，要海川駐京辦馬上把傅華的辦公室交給湯曼使用，工作人員也要全力配合湯曼救援傅華，不得以任何理由阻礙湯曼的行動；第二，在傅華沒被救回來之前，駐京辦除了必要的工作，其他活動全面停止，有什麼事都等傅華回來再說。你聽明白了嗎？」

姚巍山十分震撼，沒想到馮玉清找他竟是為了傅華的事，而且直截了當的禁止他讓雷振聲在駐京辦所做的小動作，額頭馬上就冒起汗來。

馮玉清的命令，姚巍山當然沒膽量違抗，趕忙說：「我明白了馮書記，我一定嚴格按照您的指示去辦。」

馮玉清毫不客氣地說：「你聽明白就好，姚巍山，我警告你，再被我知道你在救人的關鍵時刻搞小動作的話，你這個市長也就幹到頭了。」

說完，沒給姚巍山答話的機會，就扣了電話。

姚巍山不禁咒罵起雷振聲，這個混蛋是怎麼辦事的啊，怎麼會讓省委書記知道是他在背後搞的鬼呢？他氣呼呼地抓起電話打給雷振聲，說：「雷振聲，我命令你現在馬上把傅華的辦公室交給湯曼使用，並且駐京辦的工作人員都要全力配合湯曼的救援行動……」

雷振聲在電話這頭可就有些懵了，納悶地說：「姚市長，您是不是搞錯了，我剛剛才按照您的指示把湯曼趕了出去，怎麼您現在又要我把辦公室交給她使用呢？」

姚巍山心裏這個氣啊，他明白肯定是雷振聲攆湯曼的時候，打著他這個市長的旗號，馮玉清才會知道是他在背後操縱這一切的，便脫口罵道：「你他媽的才搞錯了呢，我什麼時候指示過你把湯曼趕出去的啊？」

「誒，姚市長，您怎麼不承認了呢，明明是您在電話跟我說的……」雷振聲非常委屈。

姚巍山聽雷振聲還要跟他分辯，心中越發的惱火，衝著電話吼道：「雷振聲，你給我聽清楚了，現在救人要緊，我暫且不跟你計較，你馬上去把湯曼請回來，如果再耽擱下去，我立馬撤了你的職。」

雷振聲被姚巍山吼得耳朵都疼了，心知姚巍山一定是被更高級別的領導給訓斥了，趕忙說：「好的姚市長，我馬上就去辦。」

於是雷振聲不得不把湯曼給請回來，湯曼因為心急傅華的安危，也沒跟雷振聲計較，馬上就趕回了傅華的辦公室。

第四章

贖金救人

男人示意趙凱把一千萬搬上車，然後說：
「十分鐘後，就會有簡訊通知你傅華在哪裡了。」
十分鐘後，簡訊傳來說：傅華在山中的一個防空洞裏。
果然發現倒在地上的傅華和羅茜男，
兩人已經陷入深度昏迷。

黑屋子。

已經很長時間沒吃沒喝的傅華和羅茜男靠著牆壁坐在一起。由於屋子裏看不到外面的景物，他們也不知道在屋子裏已經過去幾天了。

傅華舔了舔乾裂的嘴唇，苦笑說：「齊隆寶這個混蛋，他這是想餓死我們啊。」

羅茜男嘆說：「餓死我倒是不怕，但是死在這麼髒的地方，我可真是有些受不了啊。」

傅華說：「羅茜男，到這時候你就別那麼多講究了，你要知道，有些人為了活命，連自己的尿都喝的。」

羅茜男叫說：「那麼髒我才不會喝呢。」

傅華疲憊地說：「你要嫌自己的髒，我們可以換著喝。」

「滾一邊去，」羅茜男伸手虛弱的捶了傅華一下，說：「你要噁心死我啊，我寧願死也不會喝你的尿的。」

傅華說：「不喝就不喝吧，別動手動腳，這樣會消耗能量的。我們現在要儘量減少消耗，爭取多活幾天才行。」

羅茜男絕望地說：「我看他們找到我們的希望不大，除非齊隆寶良心發現，主動把我們放出去，否則我們離開這裡的希望幾乎等於零。」

傅華打氣說：「羅茜男，你是不是總是這麼悲觀啊，你就不能讓我有那麼一點點的希望嗎？在目前這種狀況下，抱存希望可以讓我們堅持的時間更長一點。我媽臨終時叮囑過我，即使遇到再大的困難也不能哭泣，要笑著去面對。所以羅茜男，我們越是在這個時候越是要心存希望，越是要努力的爭取活下去。」

羅茜男沉默了一會兒，說：「好的，傅華，我聽你的，我們一起面對這一切。」

盛川集團總部，董事長辦公室。

董事長馮玉山正在聽取屬下彙報工作，這時，馮葵急匆匆的推門走了進來，對那位下屬說：「你先出去吧，我跟我爸有事要說。」

馮玉山用責備的眼神看著馮葵說：「小葵，每逢大事要有靜氣，你這慌慌張張的，像個什麼樣子啊。」

馮葵著急地說：「爸爸，回頭你再來教訓我好了，我現在真的有十萬火急的事。」

馮玉山看馮葵似乎是真有什麼急事，便示意下屬先出去，然後問道：

「什麼事這麼嚴重啊？」

馮葵說：「爸爸，我需要您去找卞舟卞老，讓他幫我救個人。」

馮玉山愣了一下，說：「小葵，你這沒頭沒腦的就叫我去找卞老，究竟是怎麼回事啊？又要卞老救什麼人啊？你不是不知道卞老不問世事很久了，他恐怕很難出面幫你從裡面撈人出來的。」

馮葵心急如焚焦急地說：「爸爸，我不是要讓卞老幫我撈人，是讓他幫我救人！我一個朋友被人綁架了，只有卞老出面，才有可能會讓綁架他的人放人。」

馮玉山疑惑地說：「小葵，你越說我越糊塗了，卞老怎麼可能跟綁匪有什麼牽連啊？」

馮葵說：「爸，不是卞老跟綁匪有什麼牽連，而是這個綁匪就是魏立鵬的兒子，叫齊隆寶，我是想讓卞老去找魏立鵬施壓，逼迫魏立鵬的兒子放人。」

「這都什麼跟什麼啊？怎麼又牽涉到魏立鵬了？」馮玉山越發的困惑，「小葵，你先別這麼慌張，先跟我說清楚究竟是怎麼一回事。」

馮葵慌亂的避開馮玉山審問的眼神，說：「爸爸，這件事一兩句話說不清楚，現在救人十萬火急，一刻不能耽擱，您先帶我去卞老那裡，我去跟卞老解釋。」

「卞老也是隨便就能見的嗎？」馮玉山神色變得嚴厲起來，說：「小葵，你是不是有什麼事瞞著我？」

「沒有啊，爸爸。」馮葵心虛地說。

馮玉山冷笑一聲，說：「你說了半天，都還沒跟我說你要救的這個人究竟是誰，為什麼你不敢說出他的名字啊？」

馮葵見糊弄不過去，為了救傅華，決定豁出一切，這時心中反而沒有那麼畏懼了，於是她抬起頭來，看著馮玉山說：「我要卞老救的這個人您也認識，就是傅華。」

「傅華？」馮玉山驚訝的眼珠子都要掉出來了：「你讓我去救傅華，你跟他究竟是怎麼一回事？你為什麼要我去救他？」

馮葵不得不娓娓道出實情。

馮玉山一巴掌拍在桌子上，指著馮葵的鼻子罵道：「胡鬧！你居然去跟一個有婦之夫勾搭，這樣你怎麼去面對你爺爺的在天之靈啊?!」

馮葵低著頭認錯說：「我也知道這麼做對不起爺爺，所以我跟他分手了。爸爸，這些事我們以後再討論吧，現在救人要緊，你還是趕緊帶我去找卞老吧。」

「不行，」馮玉山嚴厲地說：「誰答應你去找卞老了？你還嫌不夠丟臉嗎，我可不想讓卞老知道馮家出了你這麼一個丟人現眼的女兒。」

「爸爸，」馮葵叫了起來：「我求您了，人命關天，您能不能先把馮家的臉面放一放，先救人再說。」

馮玉山態度堅決的搖搖頭說：「不行，他傅華算是什麼東西啊，小葵，你死心吧，我不會為了那小子去求卞老的。」

「爸爸，」馮葵撲通一下跪在馮玉山的面前，抱著馮玉山的腿哭著哀求道：「我求求您了，您救救傅華吧，只要您肯救傅華，您怎麼懲罰我都可以。」

馮玉山依然不為所動，冷冷地說：「省省吧，我不會為了那小子去求卞老的。」

馮葵見她這麼哀求，馮玉山都不肯答應去救傅華，知道求下去也沒用，就站了起來，說：「既然我這麼求您，您都不肯去救傅華，那就說明您根本就不在乎我了；好吧，既然您不去救傅華，我去！」

「你去？」馮玉山冷笑說：「你連卞老的面都見不上，你去有什麼用啊？」

馮葵面如死灰地說：「我沒說要去找卞老，我去找魏立鵬的兒子齊隆寶，如果他不老老實實的把傅華交出來，我跟他拼命。」說完，轉身就要往外走。

「站住！你還嫌丟馮家的臉不夠嗎？」馮玉山一把拉住馮葵，叫道：「我不許你去。」

馮葵看了看馮玉山，說：「放手，您如果覺得我這樣做丟馮家的臉，我可以登報跟馮家脫離關係。」

馮玉山抓住馮葵的手不放，說：「不行，我不會放手的，就算你登報跟馮家脫離關係，別人也不會認為你不是馮家的人。」

「那您要我怎麼辦？」馮葵幾乎崩潰地吼道：「是不是要我死在您面前，您才會滿意啊？」

馮玉山愣住了，質問道：「那小子對你就這麼重要，為了他，你連命都可以不要了？」

馮葵決絕地說：「是的，他對我就是這麼重要。」

馮玉山衝著馮葵嚷道：「比我們馮家還重要？」

馮葵叫道：「我為了馮家，已經放棄了跟他的這段感情，不過我無法忍受這麼坐視著他有生命危險而不去救他，那樣子我寧願死在他的前面。好了，您可以放手讓我離開了吧？」

「哼，算你狠！」馮玉山惡狠狠地瞪著馮葵說：「行，我可以為你去找卞老，不過在此之前，你必須要答應我一個條件。」

馮葵見馮玉山終於鬆口了，趕忙點點頭說：「只要您肯救傅華，什麼條件我都答應。」

馮玉山說：「條件很簡單，我要你別再留在國內給我丟人現眼，立馬給我滾出國去，五年內不准回來，也不准再見傅華這小子。」

馮葵說：「好！但是可以讓我知道傅華沒事了再滾，行嗎？要不然我始終無法安心的。」

馮玉山看了馮葵一眼，馮葵畢竟是他的女兒，疼惜地說：「行，你等他沒事了再離開也行。現在你先告訴我，齊隆寶跟這小子之間究竟是怎麼回事，我去找卞老也好跟他講明白事情的緣由。」

馮葵便將傅華因為睢心雄跟齊隆寶起衝突的來龍去脈告訴馮玉山。

馮玉山聽完，就離開盛川集團，去找卞舟去了。馮葵便在辦公室等候著馮玉山回來。

一個多小時後，馮玉山回來了。

馮葵趕忙迎上去，問道：「爸爸，卞老怎麼說？」

馮玉山面色沉重地說：「小葵，事情沒你想得那麼簡單。」

「怎麼？卞老不肯出面？」馮葵著急地道：「難道我們馮家拜託他這麼點事，他都不給面子？」

馮玉山說：「那倒不是，卞老還是很念我們馮家幾分香火情的。我跟他說了傅華的事之後，他就趕緊給魏立鵬打了電話，追問的結果，齊隆寶堅決否認他綁架了傅華。既然齊隆寶否認，卞老也不好再說什麼。」

「齊隆寶當然會否認啦，」馮葵急叫起來，「他如果承認的話，就等於說自己是個罪犯了。卞老怎麼能就這麼輕易地放過魏立鵬父子呢？」

馮玉山看了馮葵一眼，說：「那你想要卞老怎麼辦呢？」

馮葵語塞了，卞老已不問世事多年，自然不可能為了傅華這個無名小卒大動干戈，馮葵的心再度沉到了谷底。

馮玉山安慰女兒說：「但是卞老對這件事很重視，特別是他從安部長那裡瞭解到傅華曾經阻止齊隆寶出賣國家的行為，認為不能讓傅華這種對國家有貢獻的人遭到打擊報復，特別指示秘密部門，要不惜一切代價將傅華救回來，如果魏立鵬敢護短，卞老願意幫他們扛著。萬一傅華遭遇不測，秘密部門也一定會徹查到底，把罪犯繩之以法。」

卞老這麼講，雖然不能馬上把傅華救出來，卻給了秘密部門相當大的壓力。目前看來，這已經是卞老能夠做到的最大程度了，馮葵也無法再苛求什麼，只能期待秘密部門加強偵查力度，儘快的找出傅華來。

劉康家中。劉康和羅由豪兩人臉上的神色都很沮喪，這幾天，他們用盡了一切的手段來尋找傅華和羅茜男的下落，不但增加了懸賞的花紅，羅由豪還專門帶人去把睢才燾從外地強行帶回北京審問，但是迄今為止，還是沒有找到任何有用的線索。

羅由豪兩眼無神地說：「劉爺，您一向是最有辦法的，您說我到底要怎麼辦才好啊，茜男都已經失蹤五天了，這樣下去可不行啊。」

劉康苦笑說：「我也很焦急啊，但是這次的對手手段實在是太高明了，我也是束手無策。」

「媽的，」羅由豪叫道：「如果這次茜男有什麼閃失，我一定會讓雎才熹那個混蛋陪葬的。還有那個齊隆寶也不能放過，我已經找到了他現在的單位，到時候我會把他抓來活埋的。」

黑屋子裡。傅華奄奄一息的躺倒在地上，頭腦一片混沌，他早就感覺不到口渴和饑餓。

天地間忽然一亮，滿頭白髮的母親忽然出現在他眼前，笑著向他招手說：「華兒，我在這邊很快樂，你也過來吧，別在那邊受罪了。」

傅華看到母親，忘記母親早已去世，他伸手去抓母親的胳膊，激動地說：「媽，我好久沒看到你了，真的很想你啊。」

沒想到，這時候母親的模樣卻變成了一個很年輕漂亮的女子，她一把揮開傅華的手，嗔笑道：「傅華，我是孫瑩啊，你忘啦？我是仙境夜總會的四大頭牌之一啊，你怎麼叫我媽呢？我還沒老到那個程度吧？」

「孫瑩？」傅華愣了一下，說：「怎麼會是你，我媽呢？」

女人的聲音忽然一變，變成了馮葵的聲音，「老公，你真是的，我就一會兒時間不在，你就勾搭上夜總會的小姐了，難怪我爸爸看不起你。」

「不是，小葵，」傅華急忙辯解道：「我沒有，我認識孫瑩是很久以前的事了，我跟她沒什麼的。」傅華舉起手，「我可以對天發誓。」

「發誓有什麼用啊？」馮葵說道：「這世界上有幾個男人的誓言是可信的啊？」

傅華說：「那你要怎麼樣才能相信我呢？」

馮葵看了傅華一眼，說：「你要我相信你也很簡單，就把你用來發誓的這三根手指給我吃下去，你吃下去的話，我就相信你。」

傅華愣了一下，說：「不要吧，那樣會很疼的。」

馮葵瞪了傅華一眼，說：「你吃不吃啊，不吃的話，我永遠都不會再理你了。」

傅華聽馮葵說再也不理他了，急急叫了一聲：「小葵，你別不理我，我吃就是了！」然後就真的把手指伸進嘴裏，大口的吃了起來。

隨著傅華嘴巴的咬動，血液湧了出來，他的嘴裏馬上充斥著一股腥甜的味道。血液潤濕了他乾燥的嘴巴，然後是要冒煙的喉嚨，饑渴已久的傅華貪婪的吮吸著。

忽然，他意識到有些不對，好像嘴巴裏真的有腥甜的液體在流入。這個發現把傅華從幻象中拉了出來，他強迫自己睜開眼睛，就看到羅茜男的臉正湊在他眼前看著他，她的手指正放在他的嘴邊。

儘管傅華的意識已經有些不清，但他還是很快就明白他嘴裏腥甜的液體究竟是什麼，竟是羅茜男咬破了自己的手指，讓她的血流入他的嘴裏。

傅華趕忙推開羅茜男，喊道：「羅茜男，你這是幹什麼啊？」

羅茜男虛弱地說：「傅華，你可算醒過來了，我真怕你睡過去再也醒不過來了。」

傅華苦著臉說：「那你就用自己的血來餵我啊？你這樣子會死得更快的，你知道嗎？」

羅茜男虛弱地說：「我倒寧願死在你的前面，省得你先死了，留下我一個人在這個黑暗的地方害怕。」

傅華這時又開始感覺渾身疲憊了，他閉上眼睛，說：「羅茜男，我好累，我先睡一會兒。」

羅茜男恐懼的搖了搖傅華的胳膊，說：「傅華，你千萬別睡啊，別把我一個人留在黑暗中，要不我把我的血再給你喝點。」

傅華無力地說：「可是我真的很睏。」

羅茜男害怕地叫道：「求求你傅華，你千萬別睡啊，你一睡過去，就有可能再也醒不過來了。」

傅華強撐著說：「好吧，羅茜男，我不睡了，我們說說話好了，這樣我就不會想睡了。」

「好啊，」羅茜男說：「說什麼好呢，誒，傅華，跟我說說你曾經交往過的那些女人吧。」

通匯集團總部，董事長趙凱辦公室。

趙凱看著在他辦公桌前轉來轉去的趙婷，煩躁的說：「好了，小婷，你能不能先坐下來啊，你轉得我頭都暈了。」

趙婷苦惱地說：「爸，我現在哪裡能夠坐得下來啊，都五天多了，還是沒有任何傅華的消息，我都要瘋了。」

趙凱說：「我何嘗不著急，傅華就像我的兒子一樣，我可不想看他有什麼閃失，可是你這麼轉也沒什麼用處啊？」

趙婷只好坐下來，說：「爸，這樣下去不行啊，您說我們是不是提高一下懸賞的金額，把金額提高到一千萬，重賞之下，說不定就有人會提供出有用的線索。」

趙凱點點頭說：「行，就算只有一線希望，我們也要全力的去營救傅華，我馬上就找記者開新聞發佈會，把懸賞的金額提高到一千萬。」

趙婷提醒說：「還有啊，爸，你要跟記者說，我們只想讓傅華活著回來，任何提供線索的人我們都會很感激，除了一定會兌付懸賞，絕不會去追查提供人是怎麼得到線索的。」

趙凱點點頭說：「好，我馬上就去召開記者會。」

在羅茜男的逼問下，傅華陸續講了跟他有過交往的女人。可能是因為他感覺到他和羅茜男活著離開的可能性已經不大，因此他十分坦誠的說出他對這些跟他在感情上有過糾葛的女人的真實感受。

羅茜男大嘆說：「傅華，你的感情生活真是多姿多彩啊，這次就算是你無法從這間屋子裏出去，你這輩子活得也不虧了。哎，我卻是虧大了，除了那個在高中時追求過我的男孩子之外，我還沒遇到過一個真心愛過我的男人呢。」

傅華笑說：「既然你這麼想念那個男孩子，等我們出去以後，你可以再去找他啊。」

羅茜男搖頭說：「不可能的，時過境遷，就算找到他，恐怕也很難再找到當年那種感覺了。誒，你談了這麼多女人，為什麼不說說你對我的感受啊，我在你心中不會一點地位都沒有吧？」

傅華說：「你要聽我對你的感受也行，不過先說好，不管我說什麼，你都不許對我動手啊。」

羅茜男苦笑說：「你多餘擔心了，我現在渾身沒力氣，就是想動手也動不了啊。」

傅華說：「那我說啦，我最初對你的感受是很畏懼，感覺你又能打又狡猾，我只想儘量躲你遠一點。後來在跟你合作的這段時間裏，我發現你其實並沒有那麼可怕，你不過是性格率直一點罷了，相處起來也很有趣，你知道嗎，我還蠻喜歡跟你拌嘴的。」

羅茜男笑說：「這麼說你心中多少也有些喜歡我啦，可是為什麼你除了跟我開開玩笑之外，就沒有進一步的行動了呢？」

傅華坦承說：「我不敢有，也不想有，我的生活已經夠複雜了，如果再去招惹你，除了給你增添煩惱之外，不會給你帶來什麼幸福的。」

「如果我想讓你來招惹我呢？」羅茜男幽幽的說：「從我們合作時，我就隱隱覺得我有些喜歡你了，尤其是後來因為齊隆寶的事，我感覺自己越來越依賴你，不管什麼事，只要有你在我身邊，我就覺得心裏很踏實。」

傅華意外地說：「我有這麼好嗎？」

羅茜男說出自己的心聲：「從小到大，我大多生活在恐懼和不安中，要麼就害怕我爸爸又要被抓走，要不就是害怕豪天集團經營上出什麼問題，身邊沒有一個人能夠像你一樣給我安全感，所以這種踏實的感覺對我是十分彌足珍貴的。」

傅華感嘆說：「羅茜男，如果你是想向我表白的話，現在可不是一個好時機啊。」

「可是我再不說的話，可能這輩子都沒機會說了，」羅茜男幽幽地說：「正是因為我們可能再也出不去了，我才會向你說這些心裏話的，你身邊圍著的那些鶯鶯燕燕，她們都比我漂亮，又比我溫柔，如果在這屋子外我跟你說這些話，你大概想都不想就會直接拒絕我的。」

羅茜男說到這裏，身子往傅華懷裏偎了偎，說：「傅華，你抱抱我吧，我覺得渾身發冷。」

傅華摟緊了羅茜男，在這個只有兩個人的空間裏，他再也沒有什麼道德的束縛，只有對懷中這個女人的憐惜和患難相依的情感。

羅茜男遺憾地說：「傅華，你知道這時候我最後悔的是什麼嗎？我最後悔的是，沒有好好的跟你愛一回，可惜再也沒有機會了。」

傅華更加抱緊了羅茜男，說：「別這麼說，只要我們能夠出去，就可以在一起好好的相愛了。」

羅茜男聲音越來越微弱的說：「這可是你答應我的，到時候可不許耍賴皮啊。」

傅華說：「不會的，我一定不會耍賴皮的。」

羅茜男說：「傅華，在你的懷裏真溫暖，我睏了，要睡一會兒了。」

「行啊，你睡吧！」傅華說完，忽然意識到不對，趕忙說道：「羅茜男，別睡啊，睡著就醒不過來了。」

羅茜男卻再也沒什麼回應了，傅華越發感覺不對勁，用力搖動著懷中的羅茜男，叫著：「醒醒，羅茜男，你快醒醒啊！」

傅華用嘴唇去碰觸了一下羅茜男的臉頰，羅茜男的臉頰冰冷，他急急地想學羅茜男那樣，咬出手指的血來救羅茜男，但他還沒咬下去，眼前卻金星亂閃，人就昏了過去。

北京，下午六點鐘。

房山區一座小山中，趙凱和趙婷帶著六名保安開著一輛中型麵包車，沿著山道駛近了一個山洞前。

趙凱看了看趙婷，說：「小婷，照那個人簡訊所描述的情形，傅華應該是被關在這個山洞裏了。」

在趙凱召開新聞發佈會將懸賞的金額提高到一千萬後，終於接到了一個有價值的電話，之所以說這個電話有價值，是因為這個電話顯示的就是傅華的手機號碼。

打電話來的，是一個聲音沙啞的男人，只簡單的交代說：「下午四點鐘前準備好一千萬，要不連號的舊鈔，四點鐘會通知你們到什麼地方來換傅華。如果被我知道你們報警的話，傅華就死定了。」

男人說完，就掛了電話。

趙凱看到這個人用的是傅華的手機號碼，立即動用他在銀行的關係，緊急從銀行調了一千萬元的不連號舊鈔。

四點鐘，電話再次響起，讓趙凱帶人來房山區的劉莊村，他會在村邊的公路上等他們。

趙凱本來是不想讓趙婷跟的，但是趙婷說什麼也要跟著來，趙凱只好帶著她一起去了房山區。到了村邊的公路時，男人已經等在那裏了。

男人戴著墨鏡和口罩，趙凱他們看不到他的真實面目，他看到趙凱之後，示意趙凱把一千萬搬上車，然後說：「十分鐘之後，就會有簡訊通知你傅華在哪裡了。」

十分鐘後，簡訊果真傳過來了，指示趙凱，傅華就在這座山中的一個防空洞裏。

一行人很快就找到了一個被緊鎖的鐵門，隨行的保安們用帶來防身的鐵棍將門撬開，果然發現倒在地上的傅華和羅茜男，兩人已經陷入深度昏迷，於是保安將兩人抬上車，送進了最近的醫院。

經過醫生診斷，兩人因為極度脫水造成電解質紊亂，導致深度昏迷，趙婷看醫生採取了治療措施後，兩人依然沒有醒來的樣子，著急地問：「醫生，為什麼他們還不醒啊？」

醫生說：「他們是深度昏迷，不可能馬上就清醒過來的。」

趙婷追問說：「那他們究竟什麼時候能夠醒過來啊？」

醫生遲疑地說：「這個很難說，要看病人的身體狀況和究竟昏迷了多久才能決定。」

趙婷著急地叫道：「什麼叫做很難說啊，難道他們還有可能醒不過來嗎？」

醫生回說：「是有這種可能，如果病人昏迷的時間太長，的確有可能醒不過來。男患者的症狀好一點，他只是嚴重脫水；那位女患者的狀況就很糟糕了，除了嚴重脫水之外，他還有一定程度的失血，身體狀況極差，能不能醒過來就更難說了。」

趙凱看這個小醫院設備簡陋，就給傅華和羅茜男辦了轉院手續，把兩人轉入市區一家大醫院，醫生診斷的結果大致一樣，但是持比較樂觀的態度，讓趙凱和趙婷多少寬心了一點。

趙凱隨即將傅華和羅茜男被救回來的情況通知警方，萬博和錢組長馬上就帶著人趕了過來。

萬博看著趙凱說：「趙董，您能跟我們說說解救傅華和羅茜男的經過嗎？」

趙凱客套地說：「警方為了偵破這個案子做了極大的努力，我們趙家十分感激，以後警方有什麼地方需要用到我趙凱和通匯集團的，我一定會盡力。不過解救傅華和羅茜男的經過，你們還是不要問了，我想要的是傅華回來，現在傅華回來了，這就夠了。」

萬博說：「趙董，我們所做的那些都是應該做的，倒不需要您給我們什麼回報，不過，您如果不提供解救傅華和羅茜男的具體經過的話，警方就沒什麼破案線索了，所以您看……」

趙凱卻堅持說：「萬隊長，你不要再問了，我對提供線報的人有過承諾，不會去追查他，所以很抱歉，我不能跟你們講。」

錢組長聽了說：「趙董，根據警方的監控，提供線索的人跟你們聯繫時，用的正是傅華的手機，因此我們懷疑他很可能是綁匪其中的一個。」

萬博在一旁說：「當時我們怕打草驚蛇，所以沒有採取進一步的監控行動，現在傅華已經救回來了，對此也就沒什麼顧忌了，因此趙董，請您把解救情形跟我們詳細說一下，我們也好把綁匪繩之以法。」

「萬隊長，你們警方能夠這麼體諒我們家人的處境，讓我們能夠順利救回傅華，對此我再次表示感謝。不過，你們既然監控到了綁匪的電話，那你們大可根據這個電話查到他們的下落啊。」趙凱反問道。

錢組長搖搖頭說：「這個綁匪很狡猾，他跟你們通話的時間很短，根本來不及查到他的具體位置。」

「錢組長，我不是對你們警方有什麼意見，然而，假設我把解救傅華的經過提供給你們警方，你能夠確保一定將這夥綁匪都抓起來，沒有任何漏網之魚嗎？如果綁匪對我們趙家和傅華有什麼報復行動的話，警方真的能夠確保我們的安全嗎？」趙凱質疑說。

錢組長語帶保留地說：「這個嘛，要看偵破的過程順不順利。」

趙凱進一步追問說：「也就是說你們警方也無法確保這一點了，我要的是百分之百的確定，經歷這次事件，我不想再看到家人有什麼閃失，所以請恕我無法配合。」

趙凱的話很明白是把家人的安全放在第一位，因此不願多作透露，萬博和錢組長也只好作罷，在部署加強保護病房的警力後，就離開了。

途中，萬博剛好遇到匆忙趕來的胡瑜非，胡瑜非焦急地問道：「萬隊長，你看到傅華了嗎？他的情形怎麼樣啊？」

萬博說：「他的情形不是很好，還在昏迷中。」

「那你先走吧，我趕緊去看看他。」

「胡董，等一下，我有話跟您說。當初是因為您的意思，我沒有讓人跟著趙家去交贖金，現在趙凱卻不肯提供那個報案人的情況，這樣我們警方就沒有辦法再進行偵察了，您看是不是勸勸趙董，讓他跟警方合作啊。」

胡瑜非說：「萬隊長，你們非要趙凱提供線索嗎？現在傅華人都回來了，是不是可以不去追究了？」

萬博為難地說：「傅華是回來了，卻不是我們警方救回來的，這讓我們警方很沒面子；加上很多領導都在關注這個案子，我們不趕緊偵破這個案子，可是不好交差啊。」

胡瑜非沉吟了一下，說：「我會幫你勸趙凱的，不過，我想不會有什麼效果。你也不用擔心領導會對你們施壓，這件事畢竟牽涉到魏立鵬，領導們估計也不會想把事情鬧得太大的。」

萬博點點頭說：「好吧，胡董，那我們警方還是自己著手破案吧。」

胡瑜非就和萬博分手，趕去病房，傅華和羅茜男分別入住兩間單人病房。在傅華的病房裏，傅華靜靜地躺在病床上，正在吊點滴，趙凱和趙婷正坐在病床邊看著傅華。

趙凱見胡瑜非來了，跟他握了握手，說：「胡董，謝謝你來看傅華。」

胡瑜非趕忙說：「趙董，不要客氣，我跟傅華是忘年之交，來看看他是應當的。」

趙婷也跟胡瑜非打了招呼，隨即胡瑜非就去探看傅華，床上的傅華，雙目緊閉，兩頰因為幾天沒進食，變得十分瘦削，臉上的肌膚也沒什麼光澤，讓人看著心酸，不過氣息平穩，狀態還算穩定，讓胡瑜非多少鬆了口氣。

胡瑜非又詢問了一下傅華的病情，接著說起萬博想要趙凱提供線人的事，趙凱態度強硬地說：「胡董，你不要說了，這件事沒有商量的餘地，我不會跟警方講出那個人的情形的。」

胡瑜非本來也沒對能夠說服趙凱抱多大的希望，見趙凱態度堅決，也就沒再說什麼。在病房裏又待了一會兒，就道別離開了。

在回去的路上，胡瑜非給楊志欣打了電話，報告他傅華的狀況。

楊志欣慶幸地說：「幸好他沒事，不然我會內疚一輩子的。瑜非啊，你這幾天多關心一下，有什麼情況跟我說一聲。」

胡瑜非說：「好的。對了，傅華被救回來的事，安部長知道嗎？查到那個提供線索的傢伙究竟是誰了嗎？」

楊志欣說：「我剛跟安部長通了電話，他已經得到消息了；至於那個嫌犯，他們的人雖然跟蹤趙凱到了那裏，也看到了那輛麵包車，但是卻被那個人給甩掉了。安部長十分生氣，把辦事的人好一頓的臭罵。」

胡瑜非聽了說：「齊隆寶呢，安部長派去監控齊隆寶的人有沒有發現齊隆寶跟那個出面領走賞金的人有什麼聯繫啊？」

楊志欣說：「他們並沒發現齊隆寶有什麼異常的舉動，根據他們的判斷，這次提供線索的人，恐怕事先並沒有告訴齊隆寶這件事。」

胡瑜非思索著說：「很有可能，我推測可能是齊隆寶的手下經不起一千萬的誘惑而出賣了齊隆寶。」

楊志欣說：「安部長也是這麼認為的。」

「那安部長準備拿這件事情怎麼辦啊？」

楊志欣說：「警方動員了全部的力量，結果還是靠趙凱付錢才把傅華給贖回來，這個結果讓安部長很尷尬，他說他會大力整肅內部，以提高部門戰鬥力；另一方面，他也不會就這麼放過齊隆寶，他會持續對齊隆寶進行監控的。」

胡瑜非點點頭說：「這樣就好，起碼齊隆寶不敢再有什麼舉動，傅華也就安全多了。」

第五章

身在局中

趙凱語說：「真正為你們痛苦的，只有你們的親人。
所以你再要玩這種大老們的遊戲的話，
還是先想想你的親人吧。」
傅華嘆說：「可是爸，我現在仍然身在局中，
就算這個遊戲我不想玩下去，我也無法退出啊。」

這幾天一直堅守在駐京辦等電話的湯曼，接到了警方的通知，說是傅華被救了回來，現在人正在某大醫院裏進行治療。湯曼頓時有一種如釋重負的感覺，熬了這麼久時間，終於等到傅華被救回來的消息了。

湯曼隨即撥通了馮葵的電話，激動地對馮葵說：「葵姐，傅哥被救回來了，現在在醫院治療，你在哪裡啊，我們一起去看他好嗎？」

「他被救回來了嗎？」馮葵興奮地說，隨即落寞地說：「小曼，你一個人去看他就好了，我答應過我父親，只要傅華安全回來，我就會離開國內，不再跟他見面的。」

湯曼替馮葵抱不平，說：「馮董怎麼可以這個樣子啊，這都什麼年代了……」

「不關我爸的事，」馮葵打斷了湯曼的話，說：「我本來就要了結跟傅華的這段關係的。」

湯曼勸說：「可是葵姐，你明明心裏還是愛著傅哥的啊？」

「愛他也不代表就非要跟他在一起啊，」馮葵笑笑說：「其實在心中還有著對方的時候結束，對我和傅華來說未嘗不是一件好事，這樣我們彼此都會只想著對方的好的。」

「葵姐，」湯曼不放棄地說：「你明明知道傅哥他放不下……」

「好了，小曼，」馮葵堅決地說：「我決定的事是不會更改的，既然傅華已經脫險了，那我明天就要去美國了。」

湯曼說：「可是葵姐，傅哥還沒醒來，難道你就不想看看他什麼時候能夠甦醒嗎？」

「不想，」馮葵決絕地說：「我去看他也沒什麼意義，我不是醫生，又不能幫忙救他。」

「葵姐，」湯曼叫道：「你可真夠狠心的。」

「小曼，這不是我心狠，」馮葵無奈地說：「而是知道終究要離開，就沒有必要再去黏黏糊糊了。再說，我知道你也喜歡傅華，我如果留下來的話，你怎麼辦啊？」

湯曼苦笑了一下，說：「葵姐，你不要顧慮我，我跟你不一樣，傅哥一直拿我當妹妹看的。好了葵姐，你就先不要談我的事了好嗎，傅哥在醫院還昏迷不醒呢，你去看他的話，也許能幫助他儘快的醒來呢？」

馮葵說：「不了，小曼，我是不會去看他的。對了，小曼，你千萬別跟傅華說我求我爸去找過卞老的事，知道嗎？」

湯曼卻說：「不，你那時候為了傅哥，可是不惜要跟馮董翻臉的，我一定要告訴傅哥，讓他知道你心中其實一直都沒放下他。」

馮葵痛苦地說：「千萬別，算姐姐求你了，你知道我寧願傅華恨我，而不是恨我爸；而且我馬上就要去美國了，就算傅華能夠追去美國找我，我也不會再見他的，你告訴他，豈不是讓他更難受嗎？小曼，答應我。」

湯曼難過地說：「我不嘛，這對你對傅哥都是不公平的。」

馮葵苦笑了一下，說：「小曼，那你就是想讓你的傅哥更痛苦了，好吧，你要怎麼樣都隨便你吧。很晚了，我要睡覺了，再見。」就掛了電話。

「葵姐！」湯曼叫道。

她正想再勸勸馮葵，沒想到馮葵卻已經掛斷了，她呆了一下，隨即有些惱火地說：「真是看不懂你們，明明都忘不了對方，偏要裝出這麼一副絕情的樣子。不管你啦，我先去醫院看看傅哥什麼樣子再說。」

海川市，海水浴場。

傅華穿著泳褲躺在沙灘椅上，夏日的太陽曬在身上暖洋洋的，不遠處的海裏，趙婷穿著比基尼正在開心的玩水，傅華就從沙灘椅上站了起來，想要過去跟趙婷一起玩。

正當傅華快要走到趙婷身邊的時候，仙境夜總會的花魁吳雯忽然從旁邊游了過來，橫在趙婷和他之間，一把拉住了傅華的胳膊，媚笑著說：「傅華，我不准你過去，我要你留在這邊陪我。」

傅華看到吳雯，不禁愣了一下，說：「誒，吳雯，我記得你不是已經過世了嗎？」

吳雯笑說：「沒有啊，你這個沒良心的，我活得好好的，你為什麼咒我死啊？」

傅華摸了摸腦袋，詫異地說：「可是我明明記得你已經死了啊？」

吳雯有些惱火了，說：「哼，我知道你是想甩開我去找趙婷，趙婷有什麼好啊，她有我這麼漂亮嗎，身材有我火辣嗎？」

但是傅華懷疑吳雯是已經死去的人，便伸手去推吳雯，說：「你走開，我不喜歡你，我要去找小婷。」

沒想到吳雯不讓他過去，死命抓住了傅華，叫道：「不行，就算你不喜歡我，我也不放你去，我非要你留在我身邊不可。」

傅華急了，用力的甩開了吳雯的手，叫道：「吳雯，你忘了嗎，你已經死了，我們不可能再在一起了。」

「我才沒死呢？」吳雯怒叫了一聲，然後猛地一記勾拳就狠狠的擊在傅華的小腹上，疼得傅華抱著小腹，身體弓成了蝦米狀。

他抬起頭來正想要質問吳雯為什麼要打他，沒想到就在這一瞬間，吳雯臉上的肌肉扭曲了幾下，居然變成了羅茜男的模樣。

傅華驚喜地說：「誒，羅茜男，還好你活著，那時候我真擔心你睡過去再也醒不過來了呢。」

羅茜男冷冷地瞪了傅華一眼，說：「誰跟你說我還活著？」

「你死了？」傅華驚訝地說：「那你怎麼還會出現在我的面前啊？」

羅茜男說：「我會出現在你面前，是因為你喝了我的血，我的魂魄便會跟在你身邊。你不要再往趙婷那邊走了，那邊已經不屬於你，你跟我走吧。」

這時趙婷看到傅華，伸手拉住了傅華的一隻胳膊，喊道：「誒，傅華，快過來啊，快過來跟我一起玩。」

羅茜男看趙婷拉住了傅華，急忙伸手拉住傅華的另一隻胳膊，一邊叫道：「他不能過去，他喝了我的血，他就是屬於我的了。」

趙婷用力的拽住傅華，叫道：「傅華，你不能去，別忘了，兒子還在家裏等你回去陪他玩呢。」

趙婷提到兒子，傅華想起已經有好幾天沒看到傅昭了，感情的天平就傾向了趙婷一邊，他看了一眼羅茜男，說：「羅茜男，我不能跟你走了，我要回去看兒子。」

「不行，」羅茜男叫道：「我絕對不會放你回去的。」

伴隨著羅茜男的發怒，天色忽然暗了下來，湛藍色的海水變成了血液一般的紅色，面前的海面出現了一個巨大的漩渦，羅茜男拽著傅華就要鑽進巨大的漩渦當中。

傅華想到如果跟著羅茜男跳進了那個漩渦，他可能就再也見不到兒子了，用力的一掙，掙脫了羅茜男拉著他的手。

羅茜男沒有了他的牽扯，啊的一聲掉進了漩渦中，傅華這時想到他的命是羅茜男用血換來的，他怎麼能這麼捨棄羅茜男呢？心中不由得大急，叫道：「羅茜男！」眼睛一下子睜開了。

「傅哥，你醒了?!」湯曼驚喜地叫道。

房間內的光線有些刺眼，傅華眨了幾下眼睛，適應了一下，這才看清楚站在他面前的是湯曼。

傅華虛弱地說：「小曼，你怎麼在這裏啊？這是什麼地方啊？」

湯曼解釋說：「這是醫院，你因為嚴重脫水導致昏迷，正在醫院治療呢。」

這時，坐在病床另一邊的趙婷看著傅華，說：「傅華，你可算醒過來了，真是叫你嚇死了。」

傅華轉頭看了一眼趙婷，訝異地說：「小婷你也在啊，我是怎麼到這裏來的？」

趙婷說：「是有人向爸爸提供了你被關的地點，我和爸爸去把你救出來的。」

傅華說：「哦，爸爸呢？」

趙婷說：「把你送來醫院之後，我看你一時半會還醒不過來，就讓他先回家休息了。」

記憶在慢慢地恢復，傅華這時想起自己和羅茜男被人關在黑屋子裏，沒水沒食物，他和羅茜男先後昏迷的經過，他現在是被救了，那羅茜男呢？

傅華趕忙問道：「那羅茜男呢？她現在怎麼樣了？」

趙婷說：「她在隔壁病房呢，不過，醫生說她因為失血，身體狀況比你更差，所以要比你醒得晚一些。」

「她失血是為了救我，不行，我要去看看她。」傅華說著，就掙扎著想坐起來。

湯曼和趙婷趕忙按住了傅華，趙婷說：「傅華，你別亂動，你剛剛才醒過來，身體還很虛弱，就是想要去看羅茜男，也要等身體好一點再去啊。」

湯曼也說：「傅哥，你先躺下來吧，我馬上找醫生過來給你檢查一下，看看你的身體狀況可不可以過去看她。」

於是湯曼就把醫生叫來，給傅華做了檢查。醫生檢查之後，認為傅華身體狀況已經有所恢復，可以坐著輪椅過去看看羅茜男，不過要注意情緒不能太激動。傅華就讓趙婷推著他去羅茜男的病房。

羅由豪看到傅華，勉強笑了笑說：「你醒過來了？」

傅華點點頭說：「是的，羅董。茜男的情況現在怎麼樣了？」

羅由豪苦笑說：「還是沒有要醒來的跡象。」

傅華心裏充滿了歉疚，他知道羅茜男如果不是用自己的血來救他，應該比他醒得更早一點才對的。便說：「對不起啊，羅董，是我沒用，不但沒能保護好羅茜男，反而拖累了她，要不是茜男為了救我，她應該早就醒了。」

羅由豪揮揮手說：「傅先生，這筆帳怎麼也算不到你頭上的，這都是齊隆寶和睢才燾搞出來的，所以你不要跟我說什麼對不起。對了，傅先生，回頭你替我謝謝趙董，謝謝他救了茜男；至於那一千萬，你跟趙董說，這筆錢就由豪天集團承擔好了，回頭我會把錢轉給他的。」

「一千萬？」傅華愣了一下，回頭看著趙婷說：「小婷啊，這是怎麼回事啊？」

趙婷笑說：「是這樣的，爸爸為了救你，懸賞了一千萬獎金給提供線索的人。」

羅由豪慨嘆說：「趙董不愧是大老闆，有氣魄，不像我那麼小家子氣。我真恨我自己，為什麼不早點把懸賞金額加到一千萬呢，我如果早這麼做，也許茜男就不用受這麼多罪了。」

趙婷客氣地說：「羅董，您不用自責，一開始我和爸爸也認為懸賞幾百萬很夠了，因為過了五天傅華還沒有消息，我們急了才把金額加到一千萬的。另外，這筆錢也救了傅華，還是由我們來承擔吧。」

羅由豪執意說：「那不行，沒有這筆錢茜男就回不來了，說什麼我都要把這筆錢承擔下來的。」

傅華說：「好了，你們都不要爭了，這筆錢還是由我來付好了。」

趙婷看了一眼傅華，說：「誒，傅華，你從哪裡弄這麼多錢啊？」

傅華笑說：「說起來這應該感謝睢才燾，我跟他玩撲克，贏了他的錢，這筆錢一直放在那裏沒找到用處，現在正好付這一千萬，所以你們都不要爭了，這筆錢由我來承擔最合適不過了。」

趙婷笑說：「原來是你贏睢才燾的啊，那這筆錢是應該你來付。」

羅由豪還要跟傅華爭著付錢，傅華說：「羅董，茜男還沒醒過來呢，你還是多操心她的事吧，錢就讓我付吧，這樣我心裏也會好受些。」

羅由豪見傅華堅持，也就沒再說什麼。

第二天一早，趙凱早早的就來到病房，經過一夜的休息，傅華的精神比起剛醒來時好多了，看到趙凱，立即歉疚地說：「爸，對不起啊，讓您為我擔心了。」

趙凱笑說：「怎麼跟我還客氣起來了呢，不用跟我說對不起，只要你沒事就好。誒，你現在感覺怎麼樣？」

傅華說：「好多了，不過渾身上下還是有些沒力氣，醫生說這是正常現象，電解質紊亂會造成人體感到疲乏，調養一段時間就沒事了。」

趙凱聽了說：「行啊，那你就好好調養吧。有些事就等你調養好了再來談吧。」

傅華說：「爸，你想跟我談什麼事啊？我現在就是身體虛弱了點，其他並無大礙的。」

趙凱說：「你被綁架後，很多事情被擺上了臺面，我才知道你居然介入楊志欣和睢心雄之間的事那麼深。」

傅華苦笑了一下說：「我也不想介入，我是身不由己被攪進去的。」

趙凱搖搖頭說：「這倒未必，就像豐源中心和天豐源廣場這兩個項目，這也不是駐京辦必須要做的事，你明明可以選擇不做的，但你還是做了。傅華，我不反對一個男人有野心，但有野心也要考慮到自己的能力，也要想到這麼做究竟有多大的風險，你這一次玩得確實有點大了。你要知道你現在已經不是年輕人，你有傅昭和傅瑾兩個兒子，你想過沒有，這次你如果回不來的話，傅昭和傅瑾小小年紀就失去了父親，他們該有多痛苦啊？」

傅華低下了頭，說：「對不起啊，爸，我這次確實是有些莽撞了。」

趙凱責備說：「莽撞，你說的太簡單了，你知道這次的事牽動了多少方面嗎？卞舟、魏立鵬、楊志欣、安部長、胡瑜非，這些人，哪個不是能夠影響一方的大老啊？臺面下劉康和羅由豪也動用了所有人力在全力尋找你和羅茜男，這幾天北京因為你和羅茜男熱鬧得很啊。」

「卞舟都出面了？」傅華有些意外的說。

傅華心中有些疑惑，卞舟曾經是馮老相當倚重的副手，是一個比魏立鵬還要強大的人物，他怎麼會參與到這件事情當中來啊？難道是楊志欣怕對抗不了魏立鵬，專門請了卞舟出來？

趙凱說：「是啊，據說卞舟出面向相關部門瞭解了你和羅茜男被綁架的情況，並指示一定要想盡一切辦法將你們救出來。但是卞舟的出面，並沒有起到關鍵作用，你知道為什麼嗎？」

傅華搖搖頭，一臉疑惑地看著趙凱。

趙凱說：「原因很簡單，因為博奕雙方進入了一個勢均力敵的局面，想要救你們的一方認為他們為你和羅茜男做得已經夠多了，你們不值得他們付出更大的代價；加害你和羅茜男的一方沒有感受到致命的威脅，因此不肯有絲毫的退讓，博奕就呈現出膠著的狀態。這次如果不是那個綁匪經不起一千萬的誘惑，恐怕你和羅茜男就會成為這次的犧牲品了。」

說到這裏，趙凱語重心長地說：「你們成了犧牲品的話，那些大老們頂多掉幾滴眼淚，不會有什麼影響；真正會為你們痛苦的，只有你們的親人。所以傅華，你再要玩這種大老們的遊戲的話，還是先想想你的親人吧。」

傅華嘆說：「可是爸，我現在仍然身在局中，事情還沒有結束，就算這個遊戲我不想玩下去，我也無法退出啊。」

趙凱警告說：「這件事確實不會因為你和羅茜男被救出來就結束的，這就是我要提醒你的第二件事了。傅華，你做錯的第二點是，你不該對齊隆寶那麼心慈手軟。一隻老虎就算是沒有了爪牙，傷人的心卻始終還是存在的，更何況齊隆寶僅僅是調離秘密部門，你並沒有真的傷其根本，他可能不能再像以往一樣呼風喚雨，但是對付你這樣的角色，他的力量還是綽綽有餘的。再者，既然你已經參與了，那就要把事情辦俐落了，不能拖泥帶水，留下後患。」

傅華為自己辯解說：「爸爸，並不是我辦事不俐落，我提供給相關部門的證據已經足夠能證明齊隆寶有問題，但是他們因為顧忌齊隆寶是魏立鵬的兒子，沒有對他採取斷然措施，才釀成今天這個局面。」

趙凱不以為然地說：「那還是你沒有把事情考慮周到所致。傅華，我跟你說一個我在商場上打拼多年才總結出來的經驗吧，那就是即使跟你再好的朋友，在涉及到利益的時候，也會有自己的小算盤的，你在讓朋友幫你做事的時候，一定要把這一塊考慮進去。」

傅華暗自點頭，他在睢心雄和齊隆寶的這場博奕中，之所以一直麻煩不斷，問題就出在楊志欣和胡瑜非總是有他們自己的利益考量，他們要求他幫忙的時候，總是要他竭盡所能；但反過來，他需要兩人提供幫助的時候，楊志欣和胡瑜非卻是諸多顧忌，從而把他置於一個孤立無援的危險境地。

傅華佩服地說：「爸，您說的真是太對了，我就是在這方面考慮的太少了，才會搞得這麼被動的。」

趙凱說：「是的，你就是太相信朋友了。再有這種事，你一定要確信朋友會按照你預想的情形去做才動手，否則你就會成為對手打擊的標靶。那下一步你打算怎麼去對付那個齊隆寶？」

傅華說：「這個我還沒想好，不過有一點我心裏是確定的，那就是這次我一定要把齊隆寶給徹底剷除掉，要不然我和家人的安全都無法得到保障。至於具體怎麼操作，我會趁著在醫院的這段時間好好計畫一下的。」

趙凱點點頭說：「你早就該這麼做了。還有，我雖然沒有當年那麼風光，但是一千萬還是拿得出來的，你現在危機四伏，要用錢的地方很多，那一千萬你還是自己留著用吧。」

傅華感激地說：「爸爸，這筆錢是我從雎才燾手中贏來的，一直放在手中沒什麼用處，實際上我也不敢隨便拿出來用，用在這裏倒正合適。」

趙凱稍微想了一下，說：「既然這樣，這筆錢回頭我來處理吧。」

這時湯曼來了，趙凱在來病房的時候，先讓照顧傅華一夜的趙婷回家休息了。現在看湯曼來探望傅華，便說：「湯小姐，麻煩你照看一下傅華吧，我有事要先回公司了。」

湯曼點點頭說：「行，趙董，您有事就先去忙，我會照顧好傅哥的。」

趙凱便先行離開了。湯曼問道：「傅哥，你今天感覺怎麼樣啊？」

「今天感覺比昨天好多了。小曼，這幾天辛苦你了。熙海投資這幾天沒什麼事吧？」

湯曼說：「工程項目都照舊進行著，金牛證券我哥這幾天派了人過來，有他們幫我管理，局面也很穩定。」

傅華放下心說：「那回頭要好好謝謝你哥了。駐京辦那邊呢？他們沒來跟你搗什麼亂吧？」

傅華最擔心的就是駐京辦，他不在，林東和雷振聲這兩個傢伙很難說不會趁機搞鬼。

湯曼不想讓傅華剛醒過來就為駐京辦的事操心，就笑笑說：「駐京辦沒事，我跟他們也打不上什麼交道。」

這讓傅華有些意外，看著湯曼，狐疑地說：「真的嗎？林東和雷振聲會那麼老實？」

「真的！」湯曼將眼神躲閃開，說：「傅哥，你不要操那麼多心了，趕緊養好身體要緊。」

傅華注意到湯曼躲閃的眼神，追問道：「小曼，你老實說，在我被綁架的這幾天，他們是不是幹了些什麼啊？」

湯曼說：「傅哥，你不要生氣，你現在調養身體要緊，他們是想搗亂，但是都被我擋回去了。」

傅華說：「小曼，我不會生氣的，跟他們生氣不值得，不過你也要告訴我，他們究竟做了什麼，這樣我也好做到心中有數啊。」

湯曼看了看傅華，說：「你確定能不生氣？」

傅華說：「小曼，我剛剛才被從生死線上被拉回來，生死關頭都經歷過了，還有什麼看不開的啊？我不會因為一點點小事就大動肝火的。」

湯曼點了下頭，就把雷振聲那天受姚巍山指使想要把她趕出辦公室，並且要查熙海投資帳目的事情告訴了傅華。

傅華聽完，忿忿地說：「姚巍山和雷振聲居然想趁火打劫，他們也不掂量一下自己夠不夠這個份量！那小曼，你是怎麼處理這件事的？」

「不是我處理的，」湯曼順口說道：「是葵……」

湯曼正想說是馮葵找馮玉清幫忙解決了這件事，忽然想到馮葵不願意讓傅華知道這件事，便停了下來。

傅華看湯曼話說一半就不說了，不禁問道：「怎麼了，葵什麼啊？」

湯曼反應很快，立即說：「是虧了一個很有能力的朋友幫忙，找人訓了姚巍山幾句，姚巍山和雷振聲才不得不老實了。」

傅華對湯曼的說法沒有任何的懷疑，湯曼的父親是級別相當高的官員，要找一個有權勢的朋友幫忙出頭並不難，傅華就說：「這兩個傢伙確實是該教訓教訓他們一下。」

這時，湯曼從皮包拿出一部新的手機，說：「傅哥，你原來的手機丟了，我怕有人有什麼緊要的事情找你找不到，就去幫你買了一部相同款式的。」

湯曼把手機打開，又找了個插座將手機充起電來，然後對傅華說：「傅哥，你睡一會吧，多養養精神，好早一點康復，我會幫你留意羅茜男的。」

傅華閉上眼睛很快睡了過去，這一睡也不知道睡了多長時間，醒來時，就看到湯曼趴在床邊睡得正香。這時手機響了起來，湯曼被驚醒了，看到睜著眼睛的傅華，歉意的說：「傅哥，不好意思啊，我不小心睡了過去。」

傅華笑笑說：「別這麼說小曼，這幾天肯定把你給累壞了。你幫我把手機拿過來吧，我看看是誰打來的電話。」

傅華接通了，問：「我是傅華，您是哪位？」

「我是孫守義啊，」孫守義在電話那邊關心地問道：「傅華，你的情況還好吧？」

「是孫書記啊，我的情況還好。不好意思，我剛剛換手機，原來的號碼都還沒轉過來，所以不知道是您。」傅華不好意思地說。

孫守義說：「沒關係，你剛被救回來，要注意休息，趕緊把身體調養好才是最重要的。駐京辦的工作你不用擔心，我已經交代羅雨了，讓他在你回去之前，先暫代駐京辦的工作。還有一件事，雷振聲本來是要調回來的，但是你這幾天不在，駐京辦的人手不夠，姚市長想要他暫時留在那裏，我也就同意了，等你回駐京辦工作了，我就會把他調回去的。」

傅華聽了說：「孫書記，說起雷振聲，我正好想跟您商量一下，駐京辦確實是需要人手，您是不是考慮讓他繼續留在駐京辦工作啊？」

「你想留下雷振聲？」孫守義訝異的道。

「是啊，」傅華說：「這個同志雖然私生活方面有些不檢點，但是工作能力還是有的，留下來對駐京辦的工作也有幫助。」

孫守義有些不相信地說：「傅華，你這不是在跟我說反話吧？」

傅華笑笑說：「我哪敢跟您說反話啊，這次出事讓我想了很多，我覺得我攬上身的事情太多了些，都沒有時間好好的陪陪家人，很想減輕一下自己的負擔，讓別人多幫我分擔一些工作上的事。」

孫守義沉吟了一下，說：「你是這麼想的啊，也行，反正姚市長也不太想把雷振聲調回海川，那就先把他放在駐京辦也好。誒，你好好休息，過幾天我回北京休假時再去看你。」

兩人結束通話後，湯曼忍不住問道：「傅哥，你真的要把雷振聲留下來？」

傅華笑了笑說：「那當然，如果就那麼輕易的讓他離開駐京辦，豈不是太便宜他了。」

湯曼勸說：「傅哥，他不過是個小腳色，你沒必要太拿他當回事的。」

傅華說：「我沒有拿他當回事，我是要打狗給主人看。好了，別去管他了，羅茜男那邊怎麼樣？」

湯曼搖搖頭說：「她還沒醒。對了，羅雨和林東他們來看過你，我看你睡著了，就讓他們先回去了。」

傅華點點頭，說：「我知道了。小曼啊，我沒什麼事了，你是不是回去好好休息一下啊？」

湯曼說：「不用傅哥，我還撐得住。」

第六章

仇人相見

羅由豪看到了在病房內的齊隆寶，
仇人相見，分外眼紅，馬上衝到齊隆寶面前，
伸手一把叉住了齊隆寶的脖子往上提，嘴裏叫道：
「齊隆寶，你這個混蛋，我弄死你。」

臨近中午的時候，趙婷帶著傅昭來到醫院。

傅華看到傅昭，心裏百感交集。在生死關頭走過一遭，再看到兒子，他的心情十分激動，立即展開雙臂，說：「小昭，來讓爸爸抱一抱。」

傅昭抱緊傅華說：「爸爸，我擔心死了，你以後一定要注意安全啊。」

傅華說：「好，爸爸以後一定會注意的。」

趙婷來了，傅華就讓湯曼先回去休息。趙婷服侍著傅華在病房裏吃了午飯，就要傅華先睡一會兒，她送傅昭回去。

傅華剛閉上眼想要睡一會兒，聽到病房的門被推開，睜開眼睛，就看到齊隆寶帶著一束鮮花走了進來。

傅華愣了一下，說：「齊隆寶，你來幹嘛？」

齊隆寶說：「我是來看你的啊，你別怕，病房外面還有兩名員警呢。」

傅華說：「你膽子可真夠大的，知道有警察你還敢來？」

齊隆寶說：「我為什麼不敢來啊，我又沒做什麼不法的事。我是以一個老朋友的身分來看望你的，這走到哪兒都沒人能管得著吧？」

傅華笑說：「是沒有人能管得著。看到我沒死，你是不是很失望啊？」

齊隆寶說：「傅華，這你就錯了，作為老朋友，我怎麼會希望你死呢？

看到你活得好好的，我心裏別提有多高興了。這個世界上，好的對手是很難遇到的，你如果真的死了，我會感到很寂寞的。」

傅華哼了聲說：「齊隆寶，我肯定不會讓你感到寂寞的。你看過關於獵豹的紀錄片嗎？獵豹是這個世界上最優雅最美麗的捕食者，獵殺的過程就像是一場藝術，讓人讚嘆不已。每當我看到這種畫面的時候，心中就有一種想要化身為獵豹去獵殺獵物的衝動。你等著吧，從這一刻開始，我將變成一個獵手，唯一的目標就是獵殺你。」

「我好怕啊，」齊隆寶哈哈大笑了起來：「傅華，你想獵殺我？你可真逗啊，你有這個本事嗎？你和我還不知道誰才是真正的捕食者呢。你憑什麼啊，就憑喬玉甄跟你透露的那一絲半點的消息？我看應該是我獵殺你吧？」

「你知道喬玉甄跟我有聯繫？」傅華不禁問道。

「那當然，」齊隆寶囂張地說：「傅華，你不會以為我離開秘密部門，就會失去對你的掌控吧？我跟你說，我一直在盯著你呢。你跟喬玉甄也確實是夠狡猾的，我盯了你們很久才發現你們之間的聯繫。沒想到我就讓喬玉甄那個賤人幫我轉了一次錢，就給了你可趁之機。不過，你想再有這樣的機會是不可能的，我不會再犯類似的錯誤了。」

傅華毫不畏懼地說：「齊隆寶，你真是好笑啊，說的好像你還是能夠掌控局面的人一樣，你還是面對現實吧，你早就失去對局面的掌控能力了。」

齊隆寶呵斥道：「胡說！傅華，你可別忘了，你剛剛才差一點把命送在那個防空洞裏呢。那時候我可是能夠隨意的決定你和羅茜男的生死的。」

傅華說：「是啊，那時候你確實能決定我和羅茜男的生死，但不幸的是，我再也不會給你類似的機會了。以前我之所以吃過你的虧，是因為我一直想儘量避免跟你為敵，所以在對付你的時候就有些畏首畏尾，現在不同了，我已經決心要擺開陣仗跟你大幹一場，不會再對你手下留情了。」

齊隆寶笑笑說：「那你就放馬過來吧，說實話，我現在沒意思透了，正想找點樂子呢。」

傅華說：「那你就等著吧，我會讓你玩得不亦樂乎的，你要小心了。」

齊隆寶諷刺地說：「傅華，我怎麼覺得你這麼可笑呢？一隻剛剛在貓手裏僥倖逃生的老鼠，竟然說要獵殺貓，你也不怕被人笑掉大牙啊？」

傅華用不屑的口吻說：「齊隆寶，你怎麼還沒明白呢？你以前之所以讓人恐懼，並不是你自身有多強大，而是你身後依託著秘密部門和你爹魏立鵬的權勢。因為有秘密部門罩著，我無法掌握到你的行蹤，現在形勢已經完全逆轉，你沒有秘密部門罩著，而我卻隨時都能掌握你的行蹤，所以要整死你再簡單不過了。」

齊隆寶臉色一下子變得蒼白，傅華這句話打中了他的軟肋，「你敢！」齊隆寶聲色俱厲的說。

「我為什麼不敢啊？」傅華笑笑說：「人只要豁出去，就沒什麼敢不敢的了，大不了跟你一命換一命罷了。」

「你什麼東西啊，」齊隆寶冷笑一聲，說：「我的命豈是你這條賤命能夠換得了的？」

傅華笑了起來，說：「齊隆寶，你真是太可笑了，在生死面前，大家都是平等的，可不會因為你是魏立鵬的兒子就可以不死。誒，你的臉色那麼白，是不是已經開始害怕了啊？」

齊隆寶明顯底氣不足的說：「胡說八道，我才沒有害怕呢。」

「還說不怕，你的聲音都顫抖了，」傅華笑笑說：「好了，你不用這麼緊張，我要跟你玩的是高智商的遊戲，不會簡單地一刀就了結你的，那樣就太便宜你了。你等著吧，我要在世人面前揭穿你的醜惡面目，讓你身敗名裂，我要讓魏立鵬為有你這個兒子感到恥辱！」

這時，病房的門一下子被推開，羅由豪興奮的叫道：「傅華，茜男醒了，她說想要見你。」

說話間，羅由豪看到了在病房內的齊隆寶，仇人相見，自然是分外眼紅，一個箭步衝到了齊隆寶的面前，伸手就一把叉住了齊隆寶的脖子，然後把齊隆寶往上提，嘴裏叫道：「齊隆寶，你這個混蛋，我弄死你。」

眼見齊隆寶因為喘不上氣，臉憋得通紅，眼睛都凸出來了，傅華擔心羅由豪真的搞出人命來，忙阻止說：「好了，羅董，這裏是醫院，鬧出人命就不好了，放開他吧，不值得跟這種小人一般見識的。」

羅由豪也知道在醫院弄死齊隆寶有些不好交代，就罵了幾句，鬆開齊隆寶的脖子，齊隆寶癱倒在地上，急促的喘息了幾聲，呼吸這才順暢起來。

羅由豪猶未解恨地又上去踹了齊隆寶一腳，罵道：「趕緊給我滾蛋，以後別讓我看見你，否則見你一次打你一次。」

齊隆寶爬了起來，幾步竄到病房門口，然後瞪著羅由豪和傅華，怨毒的叫道：「你們倆混蛋給我等著，我一定會讓你們不得好死的。」然後就拉開門跑了出去。

「嘿，你這孫子！信不信我現在就弄死你啊。」羅由豪說著，就想衝過去抓住齊隆寶。

傅華在後面喊住了他：「羅董，算了吧，不要去追他了，你幫我一下，我要去看看羅茜男。」

羅由豪這才作罷，幫傅華坐上輪椅，推著傅華去了羅茜男的病房。

羅茜男依舊躺在病床上，看到傅華，虛弱地笑笑說：「傅華，沒想到還能活著見到你。」

傅華伸手去拍了拍羅茜男的手，說：「都跟你說了，我們會活下來跟齊隆寶討債的。」

羅茜男笑了笑，沒說什麼，只是把手翻過來，握住了傅華的手。

傅華並沒有躲開，很自然的也去握住了羅茜男的手。經歷了這一劫，兩人都感覺他們之間已經被某種紐帶聯繫到了一起。

傅華說：「可惜你剛才不在我的病房，不然你就會看到羅董教訓齊隆寶的場面了。」

羅茜男愣了一下，緊張的說：「齊隆寶到你病房去了？」

傅華點了點頭，說：「是啊，這傢伙想來看看我們的情形，結果正趕上羅董過去告訴我你醒了。」

羅由豪氣呼呼地說：「剛才要不是傅華攔著，我非整死那孫子不可。」

傅華說：「他跑不掉的，所以也不急在一時，羅茜男，你早點好起來，我們再一起教訓這孫子。」

傅華看羅茜男神情間還是十分的疲憊，就握了一下羅茜男的手，說：「你休息吧，我明天再來看你。」

羅由豪推著傅華回到自己的病房，傅華看了看羅由豪，說：「羅董，你有時間嗎？我想跟您聊幾句。」

「說吧，你想聊什麼。」

「羅董，雖然我和茜男都被救了回來，但是這件事還沒有結束，所以我們對齊隆寶和睢才燾這兩個混蛋不得不防備一些。」

羅由豪說：「這我知道。你想要我做什麼。」

傅華說：「現在齊隆寶的身分、住址以及工作單位我們都掌握了，我想讓您安排人二十四小時盯著他。」

羅由豪聽了說：「早在茜男被綁架的時候，我就安排人盯著他了，原本是想一旦確定茜男真的出事的話，我就把他抓起來給活埋了。」

傅華吩咐說：「既然已經有人在盯著他了，那就繼續盯下去。而且不能僅僅盯著就夠了，還要看看他每天都接觸了些什麼人，做了什麼事，這樣齊隆寶一旦有什麼異動，我們就能夠隨時掌握。」

羅由豪拍了拍胸脯說：「行，就按照你說的去安排。」

傅華又說：「再是，現在睢才燾是個什麼情形啊？」

羅由豪說：「原本睢才燾在江北省為他父親上訴的事情奔走，茜男被綁架後，我就把他抓回來審了半天，結果也沒問出什麼來，就暫時把他給放了，不過我不准他離開北京，他北京的家中，我也有人在盯著他呢。」

傅華點點頭說：「我們不好兩面作戰，還是先集中精力對付齊隆寶吧，睢才燾暫且不去管他了，他要去江北省跑上訴的事就讓他去吧，不過不要讓他再參與豪天集團的事務了。」

羅由豪說：「行，我知道了。」

交代完，傅華就讓羅由豪回去了，他躺在床上很快睡了過去。

下午四點多鐘，傅華被趙婷叫醒，羅雨和林東雷振聲又來看他了。

傅華看了看三人，說：「不好意思啊，上次你們來的時候我睡著了，害你們多跑一趟。」

羅雨說：「沒事主任，多跑趟腿也累不著。誒，您的身體怎麼樣了，我看比上午的氣色更好了一些。」

傅華笑笑說：「沒什麼大礙，就是很容易累。」

林東關心地說：「那主任要多注意休息，這需要多調養才能恢復的。」

雷振聲在一旁附和說：「是啊，主任，您就放心在醫院好好調養吧，我們三個人會把駐京辦的工作負責好的。」

傅華瞟了雷振聲一眼，說：「誒，振聲同志啊，我正好想跟你說件事，我記得上次我問過你以後有什麼打算，你說還是想繼續留在駐京辦，正好孫書記打電話來慰問我，我就把你的意思跟孫書記說了，我也建議孫書記把你留在駐京辦工作，孫書記考慮了一下，最後同意了，所以你就安心工作吧，別的就不要去想了。」

雷振聲愣住了，他做了那麼多心懷鬼胎的事，怎麼傅華不但沒有要趕他走的意思，還主動在孫守義面前挽留他呢？這裏面是不是有什麼陰謀啊？

傅華看雷振聲愣在那裏，心裏暗自好笑，便故意說：「誒，振聲同志，你發什麼愣啊，難道你不想留在駐京辦了嗎？」

雷振聲尷尬地說：「不是，主任，我只是沒想到您會對我這麼好。」

傅華心裏冷笑一聲，說：你等著吧，我以後會對你更好的。嘴上卻說：

「振聲同志，都是自家人，就不要說這種客套話了，只要你在駐京辦好好工作就行了。」

雷振聲心裏真是有苦說不出，此刻他越發確信傅華把他留在駐京辦是一個要對付他的陰謀，但表面上他還得對傅華表示感激，只好點點頭說：「主任，您放心，我一定不會辜負您的期望的。」

從醫院回到駐京辦，雷振聲在辦公室裏轉起圈來，越想越覺得傅華把他留在駐京辦是不懷好意，想來想去，覺得還是向姚巍山求助比較好，就趕忙撥通了姚巍山的電話，說：「姚市長，駐京辦這裏我一天都待不下去了，傅華現在也醒了，您看能不能儘快把我調回海川啊？」

姚巍山這幾天也很不順，根子就在雷振聲身上，要不是雷振聲對外聲稱是他在背後算計傅華的話，馮玉清也不會那麼對他發作的。

姚巍山很想找機會補救，但是馮玉清卻不給他機會，他幾次求見馮玉清想要解釋一下，結果都被馮玉清的秘書擋駕了。這讓姚巍山十分沮喪，知道馮玉清這次是動了真怒，不免更加怨恨傅華，心說這個傅華真是夠壞的，有馮玉清這麼強的關係也不早點亮出來，害得他栽了這麼大一個跟頭。

姚巍山就沒好氣的說：「你慌裏慌張的幹什麼，傅華醒了又怎麼樣啊？」

雷振聲苦笑說：「不是姚市長，傅華這傢伙的心惡毒著呢，我今天跟羅雨他們一起去看望他，結果你猜他跟我說什麼，他說他跟孫書記要求將我留在駐京辦。孫書記也答應了他的要求。」

「他要求你留在駐京辦？」姚巍山詫異地道：「他真是這麼說的？」

「對啊，」雷振聲說：「這個傢伙肯定是想把我留在駐京辦好繼續折磨我的。姚市長，您幫幫我吧，我可不想繼續待在他身邊了，誰知道這傢伙下一步會想出什麼樣的毒招來對付我啊？」

姚巍山暗罵雷振聲沒用，傅華還沒動手呢，你就被嚇破膽了。姚巍山心知繼續把雷振聲留在駐京辦，對他也沒什麼用處了，因為雷振聲已經失去了挑戰傅華的勇氣。

不過，姚巍山也不好主動去跟孫守義要求將雷振聲調回海川，因為是他舉薦雷振聲去駐京辦的，又找了種種理由讓孫守義同意雷振聲繼續留在駐京辦，現在反過頭來再去要孫守義調回雷振聲，且不說這是自己打自己耳光的行為，孫守義也不會任他這麼翻來覆去瞎折騰的。

想到這裏，姚巍山便有些煩躁的說：「小雷，你別這麼沉不住氣好嗎？留在駐京辦也沒什麼大不了的，傅華難道能吃了你？」

雷振聲聽姚巍山話裏的意思是不想把他調回海川，急說：「姚市長，話可不能這麼說，留在駐京辦，傅華是不能吃了我，但是他如果再搞出比猥褻婦女讓我更丟臉的把戲出來，那我不是就慘了？再說，我來駐京辦是因為您的舉薦，如果我再被整出一樁醜聞來，您臉上也不光彩吧？」

雷振聲說的話讓姚巍山陷入沉思，他還真有些擔心傅華會那麼做，那樣被算計的就不僅僅是雷振聲，還有他自己了。

姚巍山想了一下，說：「小雷，如果你真的不想繼續留在駐京辦，那這樣吧，我跟傅華商量一下，讓他同意放你離開就是了。」

「您要跟傅華商量啊？」雷振聲心裏暗自叫苦，他感到姚巍山昏了頭了，傅華又不是不知道他在駐京辦所做的這些事都是姚巍山在背後指使的，又怎麼可能會同意姚巍山提出的要求呢？

姚巍山不悅地說：「要不然你想讓我怎麼辦啊？難道去跟孫書記吵著要把你調回來？」

雷振聲苦笑了一下，說：「姚市長，還是不要麻煩孫書記的比較好。」

姚巍山沒好氣的說：「你也知道啊，好了，我會跟傅華說是你老婆不放心你一個人在北京，所以才一再找我要求把你調回去的。就這樣吧。」

姚巍山放下電話後，稍微沉吟了一下，就撥電話給傅華。細想一下，打這個電話雖然有些丟面子，但未嘗不是一個跟傅華修復關係的機會。

電話接通了，傅華說：「誒，姚市長，您打來電話是有什麼指示嗎？」

姚巍山笑笑說：「傅主任，你這樣可不好啊，怎麼一來就問我有什麼指示呢？你還在病中呢，我是那麼不體恤下屬的領導嗎？不要成天只想著工作，養好身體才是最重要的。怎麼樣，身體現在恢復得如何了？」

傅華有些意外，沒想到姚巍山居然是來關心他的，便說：「沒什麼大礙，就是很容易疲累，謝謝市長的關心。」

姚巍山示好地說：「跟我就不用這麼客氣了，要不要我讓李衛高去幫你發發功，調理一下啊？」

傅華明顯感到姚巍山對他的態度十分殷勤，趕忙回說：「姚市長，謝謝您的好意，不過還是不要了，不好麻煩李先生專程跑一趟。」

姚巍山說：「那就算了。誒，傅主任，還有件事我要跟你說一下，是關於雷振聲同志的工作問題。」

傅華心裏暗自好笑，姚巍山轉了半天圈子原來是為了雷振聲而來的，估計自己讓雷振聲留在駐京辦讓姚巍山有些發驚了。

傅華立即說：「姚市長，說起雷振聲同志，我正好要跟您說呢，振聲同志說您想要查看熙海投資的帳目，可以啊，回頭我會讓熙海投資的財務人員弄一份財務明細來，送給您審閱的。」

姚巍山裝糊塗地說：「我沒有讓雷振聲去查看熙海投資的帳目啊？他真的這麼跟你說？」

傅華說：「他倒沒當面跟我講，不過我被綁架的那幾天，他跟熙海投資的總經理湯曼提過這件事，說是您讓他這麼做的。」

姚巍山忙否認說：「哦，這是一場誤會，我已經明確的跟他講過不能這麼做的，難道他沒跟你說過我的意思嗎？這個小雷啊，真的不知道要說他什麼好了，傅主任，不好意思，這都要怪我。」

姚巍山主動認錯讓傅華心中越發的疑惑，一定是在他被綁架的這段時間發生了什麼事，才讓姚巍山有了這麼大的轉變。湯曼說她曾經找人訓斥過姚巍山，看來湯曼找的這個人相當有權勢，不然姚巍山也不會對他這麼客氣。

姚巍山客氣，傅華也不好不給他面子，就笑笑說：「姚市長，您千萬別這麼說，事情是雷振聲同志做的，要怪也怪不到您頭上的。」

姚巍山說：「傅主任，你聽我說完，這個確實是要怪我。我當初讓雷振聲去駐京辦，本意是覺得你擔負的工作太過繁重，讓他去幫你分擔一些的，哪知道這傢伙根本就沒理解我的意思，反而打著我的旗號，在駐京辦做了許多過分的事。」

傅華心裏暗自好笑，姚巍山這傢伙也夠狡猾了，明明是他指使雷振聲這麼做的，現在碰了釘子，就把責任全推在雷振聲身上。

姚巍山說道：「就像查熙海投資帳目這件事吧，當時你被壞人綁架，他應該想怎麼去解救你才對，哪知道這傢伙卻認為是他爭權的機會來了，竟然要求湯小姐在這時候提供熙海投資的帳目，這個行為實在太惡劣了。」

姚巍山還在繼續表白著自己，說：「一開始我還不知道，後來這件事不知道怎麼讓馮書記知道了，馮書記對此十分震怒，把我好一頓的批評，我這才知道雷振聲做了這麼離譜的事。」

「馮書記？」傅華驚訝的說：「哪個馮書記啊？」

聽到傅華這麼問，姚巍山也有些驚訝，傅華居然不知道馮玉清訓斥他的事，這究竟是怎麼一回事啊？難道幫傅華找馮玉清的那個朋友沒把這件事告訴傅華？還是傅華在跟他裝傻？

姚巍山說：「當然是省委馮書記了，難道你不知道這件事嗎？」

傅華大概也猜到了姚巍山說的馮書記就是馮玉清，他只是有些奇怪湯曼是怎麼聯繫上馮玉清的，以前好像沒聽說湯家跟馮家有什麼瓜葛的啊？

傅華笑了一下，說：「我還真的不知道馮玉清書記出面了，我當時還在綁匪手中，駐京辦發生了什麼事我根本就不知道。」

姚巍山暗自震驚不已，因為傅華說起馮玉清口氣很平淡，似乎覺得他的朋友能夠跟馮玉清扯上關係，是件平常的事。這朋友沒有把找馮玉清的事告訴傅華，說明人家也沒把找馮玉清看作是一件多麼了不起的事。但是從馮玉清震怒的程度來看，卻是拿傅華的這位朋友很當回事。兩相比較，姚巍山得出了一個結論，傅華這位朋友的身分地位應該是能讓馮玉清不得不尊重的。

傅華居然擁有這樣有權勢的朋友，這讓姚巍山對傅華又多了幾分敬畏。

「原來你還不知道這件事啊。」姚巍山說：「馮書記嚴厲的批評了我。我被馮書記批評後，馬上就糾正了雷振聲的錯誤行為，不許他再去插手熙海投資的事了。誒，傅主任，說到這兒，跟你商量件事吧。」

傅華笑笑說：「您真是太客氣了，您是市長，有什麼事情吩咐我做就是了，還跟我商量什麼啊？」

姚巍山說：「別這麼說，這件事需要徵得你的同意，雷振聲這個同志功利心太重，做事有頭無尾，去了駐京辦之後，不但沒減輕你的負擔，還給你增加了很多不必要的麻煩，我對他很是失望，看來我當初舉薦他出任駐京辦的副主任，是犯了一個識人不明的大錯誤啊；為了糾正這個錯誤，我想把他調回市裏工作，不知道你意下如何？」

這時傅華已經知道姚巍山之所以把姿態放這麼低，完全是因為馮玉清的關係了，其實從一開始，傅華就沒有要與姚巍山為難的意思，就說：「其實雷振聲同志也不是就一無是處，留在駐京辦也是可以的，不過您既然堅持要把他調回去，那我就不好再說別的了。」

見傅華同意，姚巍山心裏鬆了口氣，說：「那我們就這麼說定了。傅主任，雷振聲一調離，駐京辦就空出了一個副主任的位置，不知道你心中有沒有合適的人選啊？」

相比起調走雷振聲，讓傅華推薦副主任人選是姚巍山進一步向傅華示好的舉措，這等於告訴傅華，駐京辦你愛怎麼搞就怎麼搞好了，我不再管你就是了。

傅華自然明白姚巍山的意思，就說：「謝謝市長您對我的信任，不過副主任的人選還是您決定比較好，您安排什麼樣的人來，我都會接受的。」

傅華之所以大方的讓姚巍山派人來駐京辦，是因為他認為歷經過雷振聲這件事之後，姚巍山應該不會再派什麼人來故意跟他搗亂了。

姚巍山沉吟了一下，說：「其實我也沒什麼合適的人選，這樣吧，回頭我跟孫書記說一下，他在海川的時間比較長，人選還是由他來決定吧。傅主任，今天我們就談到這兒吧，我還有事情要處理。」

兩人就結束了通話，傅華把手機收了起來。他是很樂見姚巍山現在這種態度的，起碼短時間內，姚巍山不會再來找他的麻煩了。只是傅華還在納悶著，湯曼究竟是怎麼聯繫上馮玉清的呢？

晚上七點，胡瑜非夫婦來病房探望傅華。

兩人問了傅華的身體狀況，胡瑜非由衷地說：「傅華，我很高興看到你平安無事。」

胡夫人則說：「傅華，你快點好起來吧，好早點去談戀愛，冷子喬今天還打電話來，問我你住在哪家醫院，她想要過來看看你。」

「冷子喬也知道我被綁架的事了？」傅華問。

胡夫人笑說：「你的事情鬧得這麼大，她當然知道了。我覺得你跟她很有戲啊，你被綁架的那幾天，她急得要死，一天打好幾次電話問你的情況。誒，傅華，我明天讓她來看你好不好啊？」

傅華心說冷子喬還真是會演戲，搞得大家都認為他們兩人是一對一樣。傅華不想躺在病床上還要去跟她周旋，就說：「阿姨，還是暫時不要吧，我這個病快快的樣子讓她看到不好。這樣，您跟她說，等過幾天出院了，我會約她出去玩的。」

胡夫人滿意地說：「看來你很在意她啊，行，我會跟她說的。」

胡瑜非又說：「志欣聽說你醒來，也想來看你，只是他過來的話，會驚動一批人，並不利於你的休息，所以我沒讓他過來。他讓我帶話給你，要你把事情都放下，先養好身體，其他事等你養好身體大家碰面時再商量吧。」

傅華感激地說：「我被綁架這段時間，楊叔和您一定操了不少的心，甚至連卞舟卞老都請了出來，您跟楊叔說，很謝謝他對我的關心。」

胡瑜非說：「跟我們就不要這麼客氣了，說到底，這個麻煩是我和志欣給你惹上的，我們該為你操心的；再說，卞老可不是我和志欣請出來的，所以這個功勞我們可不敢領。」

傅華愣了一下，說：「胡叔，卞老不是您和楊叔請出來的？」

胡瑜非說：「不是，我和志欣也很納悶，還想問問你怎麼一回事呢。」

傅華一頭霧水地說：「這個我也不清楚啊。」

胡瑜非不解地說：「那就怪了，卞老這幾年基本上都不出面參加公開活動了，怎麼會突然插手你被綁架這件事呢？」

傅華隱約覺得這跟湯曼那個幫忙找馮玉清的朋友有關，想不到湯家還有這麼厲害的朋友，到時要好好探問一下湯曼。

這倒不是為了結交這個特別有權勢的朋友，而是傅華覺得人家幫了他這麼大的忙，他起碼要跟人家當面說聲謝謝才對。

因此第二天湯曼再次來探望他的時候，傅華就問湯曼：「小曼，你老實講，在我被綁架這幾天，你究竟找了什麼樣的厲害人物來救我，居然連卞舟卞老都請了出來啊？」

湯曼有些心慌，敷衍地說：「好了，傅哥，你就不要管了，反正就是我的一個朋友罷了。」

「不對，你這個朋友一定有花樣，你趕緊老實交代，究竟是怎麼回事啊？」傅華追問。

湯曼答應過馮葵不告訴傅華的，但一時之間她也編不出一個新朋友來，只好說：「傅哥，你就別問了，就是一個朋友而已。」

傅華說：「小曼，我並沒有要去追問你隱私的意思，只是你這位朋友算是幫了我很大的忙，我總該跟人家說聲謝謝吧？」

說到這裏，傅華忽然意識到很可能這個人是他認識的人，如果是他認識的人而湯曼又不方便告訴他是誰的話，那可能性就剩下一個，湯曼的這個朋友就是馮葵，因為馮葵是他認識的人當中，唯一能把這兩個權勢人物聯繫起來的人。

傅華便盯著湯曼說：「小曼，說實話，你這個朋友是不是馮葵？」

「傅哥，不是我要瞞你，」湯曼看瞞不過去了，只好承認說：「是葵姐堅持不讓我告訴你的。」

傅華的臉色沉了下來：「小曼，你叫她葵姐，說明你跟她已經很熟了，你告訴我，究竟是怎麼回事。」

湯曼就把馮葵找馮玉清教訓姚巍山，又去求馮玉山找卞舟出面的經過講給傅華聽。

傅華聽完，面沉如水，說：「小曼，你知道馮葵現在在哪兒嗎？」

湯曼搖搖頭說：「我不知道，按說這個時間她還來不及飛去美國的，不過我打電話給她，她的電話卻關機了。」

傅華苦笑了一下，說：「她這是不想我再去打攪她的意思啊。」

湯曼看著傅華說道：「傅哥，那你打算怎麼辦啊？」

傅華無奈地說：「還能怎麼辦啊？她要去美國就讓她去吧。」

湯曼著急地說：「傅哥，你不能這樣啊，葵姐為了你不惜和她父親決裂，說明她心中還是放不下你，單是為了這個，你也該去把她追回來的。」

「小曼，你不瞭解馮葵，她決定的事是絕不會更改的，她說我們之間已經是過去式，那就是過去式了；她之所以救我，絕非是想跟我重修舊好，而是為了我們往日的情分罷了。」

第七章

作風強勢

冷子喬點點頭說：

「我媽是在婚姻中受過傷害，才會反對我跟你相親的。
但他們離婚不能都怪我爸爸，大部分的責任在我媽媽。
我媽媽是個作風強勢的女人，一心都撲在工作上，
難免就會忽略了我爸爸。」

湯曼惋惜地說：「我不這麼認為，我看得出來，葵姐還是放不下你的，傅哥，你可別為了面子錯失了她，我覺得葵姐是個難得一見的好女人……」

傅華搖搖頭說：「小曼，你還是沒弄明白，馮葵跟我分手，並不是因為跟我沒有感情了，更不是因為受到她父親的逼迫，而是她為了維護馮家的尊嚴才選擇主動揮劍斬情絲的。」

湯曼感嘆說：「真是被你們搞糊塗了，明明你們心中都還愛著對方。」

傅華苦笑說：「這世界就是這樣子無奈。好了，別再說她了，小曼，我記得我在被綁架前，有讓你做一份金牛證券向熙海投資購買辦公大樓的方案，你做了沒有啊？」

湯曼說：「做好了，只是那時候你被綁架了，所以還沒拿給你看。」

傅華說：「不用給我看了，先把這個方案放一放吧。」

「怎麼，傅哥，你又不想執行這個計畫了嗎？」

傅華說：「雖然都說商場無父子，但是也不能一點情義都不講，不管怎麼說，馮玉山也是幫過我的，我再去那麼做的話，就有點太不夠意思了。」

湯曼認同地說：「我也覺得你那麼做有些不道義，現在你要放棄我很贊同。不過傅哥，如果你想要長期經營金牛證券的話，有件事你必須要重新考慮。」

傅華問：「什麼事需要重新考慮啊？」

湯曼正色說：「你該考慮找一個新的董事長，你知道我在證券業資歷很淺，短期應付，我還能借助我哥公司的人幫忙支撐，如果長期經營的話，我的能力明顯是不夠的。」

湯曼的話並沒有錯，要經營好一家證券公司，必須要在證券專業上很強的人才可以，傅華心目中倒是有一個人選，但是這個人願不願意來掌舵金牛證券，他無法確定。

傅華稍微想了想，說：「小曼，這件事確實需要慎重考慮。這樣吧，等我出院了，我們再好好商量一下，看看要怎麼安排比較合適。」

這時，鄭莉帶著傅瑾走了進來，湯曼跟鄭莉打招呼說：「小莉姐，你來看傅哥啊？」

鄭莉笑笑說：「是啊，我來看看他情況怎麼樣。」

湯曼說：「那你和傅哥聊吧，我正好要回公司了。」

傅華把兒子抱進懷裏。傅瑾奶聲奶氣的說：「爸爸，媽媽說你生病了，為什麼，是不是你不乖了？」

傅華笑說：「是啊，爸爸就是因為不乖才生病的，小瑾以後可要乖乖的，要聽媽媽的話，這樣就不會生病了，知道嗎？」

傅瑾認真的點點頭，說：「我知道了爸爸，我會乖乖的。」

鄭莉看了看傅華的神色，說：「身體恢復得怎麼樣？爺爺和奶奶知道你的情況，都鬧著說要來醫院看你，我擔心他們的身體受不了，就攔著沒讓他們來。」

傅華知道在他被綁架的這段時間，鄭老也是用盡辦法了想要救他，就說：「小莉，你跟爺爺奶奶說，謝謝他們，我現在恢復得很好，等過幾天出院了，我會去看他們二老的。」

「行，我會跟他們說的。」說完，就不再說話了。

傅華跟鄭莉自從離婚後，就很少這樣面對面的坐在一起，一時間他也不知道該跟鄭莉說些什麼，病房裏出現了一個短暫的冷場。

傅華覺得有些尷尬，只好沒話找話的說：「小莉，你跟那個彼得現在怎麼樣了？」

鄭莉淺笑說：「也沒怎麼樣，就是朋友。」

傅華說：「你都帶他去見爺爺了，應該不僅僅只是朋友吧。我覺得這個彼得還不錯，跟你蠻配的。」

鄭莉說：「彼得人是挺好的，我只是擔心他和小瑾能不能處得來。誒，別說我了，說說你吧，你跟小曼怎麼樣了，有沒有更進一步啊？」

傅華搖搖頭說：「我始終拿她當妹妹看待的。」

鄭莉說：「傅華，你這樣對小曼可是很不公平的，你明知道這丫頭喜歡你，這次你被綁架，她都急瘋了，你可別辜負她。」

傅華苦笑說：「我知道她很好，但是我對她就是沒有那種感覺。再說，現在我對婚姻也有些怕了，短時間內，我不想考慮這些事。」

鄭莉看了一眼傅華，說：「傅華，是不是我離開你，讓你很受傷啊？」

傅華苦澀地說：「我不能說不是，不過我也能理解你的心情，我這段時間惹上的是非太多了，給你心理上造成了很大的壓力。」

鄭莉嘆了口氣，說：「你這個人就是這樣，明知道自己惹上的是非太多，卻一點都不知道記取教訓，這次甚至還變本加厲，真是不知道該怎麼說你好了。」

傅華笑說：「不知道該怎麼說，那就不說好了。」

鄭莉搖搖頭說：「是啊，我現在是沒資格說你什麼了，不過拜託你再招惹這些是非之前，先想想兒子……」

突然間，病房門被推開，冷子喬帶著一束鮮花一腳踏了進來，嘴裏叫道：「傅華，你還好吧？」

說話間，冷子喬注意到傅華懷中的傅瑾，也沒去搭理在病床旁的鄭莉，看著傅華說：「誒，這小朋友是誰啊，長得好可愛，你兒子啊？」

傅華點點頭，說：「對啊，是我兒子。冷小姐，你怎麼過來了啊？」

「我怎麼過來了，」冷子喬笑笑說：「你這話問得很奇怪啊，作為你的女朋友，知道你住院了，當然要過來探望一下你了。來，這束花送給你。」

冷子喬說著，就把手中的鮮花放到床頭櫃上，然後衝著傅瑾拍了拍手，說：「誒，小朋友，你叫什麼名字啊？」

傅瑾倒也不認生，說：「我叫小瑾。」

「好好聽的名字啊，小瑾，姐姐抱抱你好不好啊？」

傅瑾還真的伸出手來想要冷子喬抱，冷子喬就把傅瑾抱了過去，說：「小瑾，你真的好可愛啊，姐姐好喜歡你啊。」

一直被冷落在一邊的鄭莉白了傅華一眼，忍不住譏諷說：「你還真是有夠受傷的啊。」

傅華知道鄭莉誤會他正在跟冷子喬交往呢，這讓他前面說的那些話變得有些虛偽，他想要跟鄭莉解釋，然而這卻不是一兩句話就能說清楚的，只好乾笑了一下，沒說什麼。

冷子喬似乎這時才注意到鄭莉，便問傅華說：「這位是？」

鄭莉伸出手來自我介紹說：「我是鄭莉，小瑾的媽媽。」

冷子喬握了握鄭莉的手，笑笑說：「我是冷子喬，傅華現在的女朋友。原來你就是傅華的前妻啊，幸會啊。」

鄭莉說了聲幸會，然後衝著傅瑾說道：「小瑾，來，媽媽抱，我們該走了，爸爸有客人了。」然後對冷子喬說：「冷小姐，你在這裏跟傅華繼續聊吧，我和小瑾就先回去了。」

冷子喬卻有些不捨得傅瑾，說：「你這就要走了啊，讓小瑾再在這裏玩一會兒吧？」

鄭莉說：「不了，我來也有一段時間了，該回去了。誒，小瑾，跟姐姐再見。」

傅瑾就向冷子喬招了招手，甜甜地說：「姐姐再見。」

冷子喬向傅瑾揮了揮手，說：「小瑾再見，小瑾真可愛，下次姐姐帶你去遊樂園玩啊。」

鄭莉就帶著傅瑾離開了病房，冷子喬還有些不捨的對傅華說：「你兒子真是太可愛了，誒，傅華，你什麼時間帶他出來，我們三個一起去遊樂園玩吧？」

傅華忍不住說：「冷小姐，你是不是忘記了，我們只是裝出來的男女朋友，過幾天就要告訴胡夫人說我們不合適，然後分手的啊？」

冷子喬說：「這我當然沒忘啦。」

傅華質問說：「既然你沒忘記，那你還跑來看我幹什麼？還說什麼帶我兒子出去玩?!」

冷子喬賴皮地說：「哎呀，事情不是發生了些變化嗎？你看你剛剛被綁架，人現在還在醫院裏躺著，這時候我怎麼告訴胡夫人說你不好，我無法跟你交往下去啊？那肯定讓人覺得我這人太冷血了。至於帶你兒子出去玩，那是你兒子太可愛了，我很想帶他出去玩而已，與你可沒什麼關係。」

傅華不禁搖頭說：「你總是能找得到理由。」

冷子喬笑笑說：「不是我總能找到理由，而是這理由確實是存在的。誒，傅華，你跟我說說被綁架的事吧。」

傅華看了冷子喬一眼，看冷子喬一臉的興奮，無奈地說：「你這麼興奮幹什麼啊，我可是被人綁架，不是跟人玩躲貓貓。」

冷子喬反駁說：「躲貓貓才沒什麼意思呢，倒是跟綁匪周旋這種事多刺激啊，想想都覺得很興奮。」

「冷小姐，我真是搞不懂你的腦袋裏究竟在想些什麼，當時我和羅茜男被關在黑屋子裏，沒吃沒喝，腦子想的都是要怎麼樣才能活下去，還刺激呢，叫苦都來不及。」

冷子喬卻說：「我跟你的想法可不一樣，這怎麼能說不刺激呢，這種機會多難得啊，有幾個人能遇到這種事啊？你又在這種遭遇下活了下來，該多有成就感啊？」

「我真是服了你了，」傅華哭笑不得地說。

冷子喬可能是在一個養尊處優的環境中長大，想做什麼要什麼都很容易，才會覺得像綁架這種事新鮮好玩。這個女孩子還真是不可理喻，傅華不想跟她周旋下去，便說：「好了，冷小姐，謝謝你專程來看我，我有些累了，想睡一會，你看是不是先請回？」

「別啊，」冷子喬說：「我才來一會兒，你就趕我走啊？你如果累了，沒問題啊，你該睡覺睡覺，我在這裏坐著陪你。」

傅華想不到冷子喬居然沒有要走的意思，就說：「怎麼好意思我在這裏休息，讓你乾坐著呢？」

「沒什麼啊，」冷子喬一副理所當然地說：「這不是一個做女朋友的該做的事嗎？要是你實在不好意思，那就別睡了，躺在那裏陪我聊天好了。」

傅華板起臉來，說：「拜託，冷小姐，你能不能別再拿是我女朋友來說事了？」

「不行啊，」冷子喬說：「在我們沒跟胡夫人說已經分手之前，我必須這麼說的，不然就讓人知道我們是在假扮男女朋友了。」

說到這裏，冷子喬抬頭看了傅華一眼，說：「按說這種事本來是我們女孩子吃虧的，怎麼你還不滿意啊？哦，我明白了，你剛才一定是想在你前妻面前扮可憐，想哄她回心轉意，突然又蹦出我這麼個女朋友來，你的可憐就扮不下去了，是不是啊？」

傅華斥責說：「好了，冷小姐，你別胡說了，我扮什麼可憐啊！」

冷子喬反駁說：「我可聽你那位前妻說什麼你還真是有夠受傷的啊，那不是笑你扮可憐又是什麼啊？」

傅華剛想跟冷子喬說他並不是想扮可憐哄鄭莉的，轉念又一想，我跟她解釋這麼多幹什麼啊，我跟她又沒有什麼關係，還是趕緊打發她離開算了。

想到這裏，傅華就說：「好了，冷小姐，你已經看過我了，也算是盡到了女朋友的責任了。醫院這個環境並不好，病菌很多，對人體不好，你沒什麼事的話還是趕緊離開吧。」

冷子喬抱怨道：「傅華，為什麼你要這麼急著趕我走啊？難道你就這麼不待見我？還是說我剛才真的影響了你哄回前妻的大計了？」

傅華十分無奈地說：「冷小姐，你太自以為是了，我根本就沒有想要哄回鄭莉的念頭，她現在已經有穩定交往的男朋友了。我是不想耽擱你的時間，我們本來就沒什麼關係，你沒必要在我這裏浪費時間。」

冷子喬笑說：「原來是這樣啊，這個你就不用擔心了，我回去也沒什麼事做，還不如留在這裏陪你聊天比較有意思。」

「你不用工作嗎？」傅華問道。

冷子喬說：「我媽在她公司給了我一份工作，不過她怕我累著，基本上都不給我什麼事情做，也就是拿一份工資的閒職，但是我還不能不去，公司那些老人每天都在盯著我呢，我有什麼不好的地方，他們馬上就會跟我媽告狀，簡直無聊死了。今天好不容易才以來看你為藉口出來，當然要在外面多待會兒了。」

「原來你是拿我當藉口啊？」傅華笑說。

「你以為呢？」冷子喬反問。

傅華建議說：「反正你也出來了，不一定要留在醫院，可以去找同學朋友玩啊。」

冷子喬回說：「都跟你說過了，我跟他們玩不到一起去的，他們太幼稚了，我跟他們沒有共同語言。」

冷子喬這麼說，傅華就不好再攆她了，反正他也沒什麼事，冷子喬又是那種令人賞心悅目的女孩子，於是就在病房裏跟冷子喬閒聊起來。

「冷小姐，跟我說說你的事吧。」

「幹嘛，想查戶口啊？」

傅華笑說：「你現在是我名義上的女朋友，我總該瞭解一下你的基本情況吧，要不然胡夫人問起我來，我怎麼跟她說啊？再說，你好像對我的事都很清楚，我卻除了知道你是一個漂亮的女孩子之外，其他的一無所知，這也不太公平吧？」

冷子喬說：「其實我倒不是不想告訴你，而是我這個人實在太簡單了，一清二白，大學畢業，在媽媽的公司吃了兩年閒飯，如此而已。」

傅華說：「那你家裏呢？」

冷子喬說：「不會吧，胡夫人連這個都沒跟你說？」

傅華解釋：「那天我們相親很倉促，當晚我就被綁架了，所以一直都沒時間瞭解你家裏的情況。」

冷子喬說：「我家裏的情況可就有些複雜了，我爸爸媽媽在我很小的時候就離婚了，爸爸另組了家庭，我則是跟媽媽一起生活。」

傅華愣了一下，說：「原來你是單親家庭啊。」

冷子喬點點頭說：「是啊，我媽正是因為在婚姻中受過傷害，才會反對我跟你相親的。但我知道他們離婚，不能都怪我爸爸，大部分的責任在我媽媽。我媽是個作風強勢的女人，那時候又是她創業的時期，一心都撲在工作上，難免就會忽略了我爸爸。」

說到這裏，冷子喬看了傅華一眼，說：「我今天雖然第一次看見你的前妻，但是我可以明顯感覺到她跟我媽媽是同個類型的女人，她們大多時候都很自我，認定了什麼就不能更改，只要你觸碰到她的某個不能接受的點，她就會很堅決的離開你，所以你娶了她也挺不幸的。」

傅華搖搖頭說：「不能說是我的不幸，我確實是有些事情做得不好。誒，既然你說你媽媽認定什麼就不能更改，為什麼她反對你跟我相親，最終你卻還是跟我見面呢。」

冷子喬笑笑說：「我的事是個例外，因為她跟我爸爸很早就離婚了，她總覺得沒有給我一個完整的家庭，對我一直很歉疚，所以很多事情就由著我的性子來了。」

傅華聽了說：「原來是這樣啊，不過她不同意你跟我見面也是為了你好，希望你能生活得幸福快樂，不要去招惹一些不必要的麻煩。」

冷子喬點點頭說：「這個不用你說，我又不是傻瓜，當然知道她是為了我好。」

兩人就這麼有一搭沒一搭聊著，直到臨近中午，冷子喬才走。

吃過午飯，傅華小睡了一會兒，醒來後，感覺自己的體力恢復得差不多了，就去了羅茜男的病房。

羅由豪夫妻不在病房，只有羅茜男一個人還躺在病床上休息，不過氣色明顯好多了。

看到傅華過來，她稱讚說：「你恢復得不錯啊，居然都可以自己走了。我就不行了，還要躺在床上。」

傅華安慰說：「你別急，你身體比我好，只要靜下心來好好休養，會很快就恢復健康的。」

羅茜男哀嘆說：「我長這麼大，還是第一次在床上躺這麼久呢，躺得我真是煩死了。特別是一想到齊隆寶那混蛋還在外面逍遙自在時，我心裏就更急了。」

傅華聽了說：「要想對付齊隆寶，先要做到知己知彼。昨天我跟你父親聊過，你父親說你們公司有人在盯著齊隆寶，我請你父親交代他們，還要注意齊隆寶見過什麼人，做過什麼事。」

羅茜男說：「我已經讓陸叔負責這件事了，讓他把齊隆寶每天的活動做個匯總，然後報告給我。可是這樣也只能防備齊隆寶再次對我們下黑手，並不能傷害到齊隆寶絲毫。」

傅華說：「我仔細思考過，我覺得還是應該在齊隆寶和楚歌辰身上做文章。我認為你提供給我的那份資料太過於表面化了，有些深層的東西並沒有挖掘出來，」

「可是怎麼挖啊？」羅茜男說：「就算是有，也應該發生在美國，除非你能跑去美國查這件事，否則的話，根本就拿他們沒辦法的。」

傅華笑笑說：「我想的正是要去一趟美國。」

「你要去美國？」羅茜男看了傅華一眼，說：「這不行，你在美國人生地不熟的，你去查的又是什麼美國間諜的事，太危險了。」

傅華說：「現在齊隆寶正是實力最弱的時候，而且因為我們被綁架的事件，各方勢力都在盯著他，他在這時候不敢輕舉妄動，不趁此時趕緊把他給剷除了，等他恢復了元氣，倒楣的可就是我們了。」

羅茜男沉吟了一下，說：「要不我跟你一起去吧？」

「不行，」傅華搖搖頭說：「如果我們一起去的話，目標太明顯了，而且你在美國也是人生地不熟，幫不上什麼忙的。」

羅茜男反問：「你一個人去就不明顯了嗎？」

傅華笑說：「當然不明顯啦，我去美國還有一個目的，就是要去見一個老朋友。」

羅茜男看了傅華一眼，笑說：「你大老遠的跑去美國見朋友？這人是女的吧？」

傅華笑說：「確實是女的，這個人就是頂峰證券的談紅，我想請她回來掌舵金牛證券。」

說起談紅，讓羅茜男不禁想起在黑屋子裏的事，羅茜男的神態忽然變得有些扭捏起來，看著傅華問道：「你還記得我們在黑屋子裏都說過些什麼嗎？」

「當然記得！」傅華用力地點了點頭，醒來的這幾天，只要沒事的時候，腦子裏都會重複播放在屋子裏發生的點點滴滴，在感到對齊隆寶恨意的同時，他也深切地體會到羅茜男對他的情意。雖然他也無法確定就是愛上了羅茜男，但是他卻願意做任何羅茜男想要他做的事。

傅華握了握羅茜男的手，說：「羅茜男，在黑屋子裏發生的每件事，說的每句話，我都記得清清楚楚的。」

羅茜男臉紅了一下，她想到了在黑屋子裏兩人連解決大小便生理問題都在一起的情形，不好意思地說：「你這傢伙真是的，那麼髒的事你還去記它幹什麼啊？」

傅華笑說：「當然要記得了，以後你要敢再對我兇的話，最好還是先想想你在黑屋子裏的樣子吧。」

「嘿！你這傢伙！」羅茜男說著，想抬起另一隻手去打傅華，結果抬了一下又放下了，苦笑說：「這次就便宜你了，我身上一點勁兒都沒有，要不然我一定好好教訓你。」

傅華哈哈笑說：「那就先留著吧，等你好起來再教訓我也不遲。」

羅茜男嬌嗔說：「那我一定要快點好起來，到時候好好收拾你。」

孫守義是坐晚班飛機抵達北京的，到了北京之後，他並沒有馬上回家，而是先去醫院探望傅華。

傅華看到走進病房的孫守義，訝異地說：「孫書記，您什麼時間回北京的啊？」

孫守義笑說：「剛到，馬上就過來看你了。誒，你的氣色不錯啊，恢復得挺好的吧？」

傅華點點頭，說：「已經恢復了七八成了，不過醫生說我還需要在醫院多躺幾天，不許我出院。」

孫守義說：「那你就留在醫院多調養幾天吧。」

傅華說：「好的。對了，有兩件事要跟您說一下，姚市長打電話來，認為雷振聲繼續留在駐京辦並不好，想要把雷振聲調回去。您看？」

孫守義對姚巍山主動打電話給傅華，要求將雷振聲調回海川，心中有些驚訝，姚巍山沒有跟他談這件事，卻先跑來跟傅華商量，說明姚巍山是想先徵得傅華的同意，也意味著姚巍山想要跟傅華和解。

孫守義實際上並不樂於看到這種局面的出現，孫守義把傅華視為是牽制姚巍山的一個力量，他覺得只要姚巍山和傅華之間有衝突存在，姚巍山就無法集中全力來跟他爭奪對海川市的掌控權；而且在姚巍山和傅華的衝突當中，他這個市委書記也可以扮演一個裁判者，從中獲取更多的利益。

不過目前來說，孫守義還有更重要的事情要操心，對姚巍山主動要跟傅華和解這件事也就沒有太多心思去干預了，便說：「你讓我看什麼，你不要告訴我，你是真心想要把雷振聲留在駐京辦吧？」

傅華笑說：「我是真心想要他留在駐京辦的，不過，姚市長都專門打電話來了，我也不好駁了他的面子不是？」

「沒關係，」孫守義說：「你如果真想要雷振聲留在駐京辦，怕駁了姚市長的面子，我可以去跟姚市長說把雷振聲留在駐京辦。」

傅華並不是真的想把雷振聲留在駐京辦，雷振聲不同於林東，這傢伙還是有點本事的，真要跟他搗起亂來也夠麻煩的，還是把他從駐京辦踢出去比較好。

傅華就說：「孫書記，還是算了吧，怎麼好麻煩您呢；再說，我已經答應姚市長放雷振聲回市裏工作了，如果再把雷振聲強留在駐京辦，那姚市長對我的意見恐怕就大了去了。」

孫守義笑說：「我就知道你是得了便宜還賣乖的。好啦，這是一件事，另外一件事呢？」

傅華說：「我出院之後，想去一趟美國，希望您能批准。」

「你去美國幹什麼啊？」孫守義疑惑的看著傅華說：「我可跟你說，現在對公費出國考察可是控制得很嚴，沒有特別必需的理由，市裏是絕對不會允許的，這件事我可不好答應你。」

傅華說：「我不是出國考察，費用也不需要市裏負擔，我是想去美國請一位證券業的朋友回來掌舵金牛證券的，費用由熙海投資出。」

「哦，那可以，」孫守義點點頭說：「不過，你不要在美國待的時間太長了，駐京辦好多事還需要你處理呢。」

傅華說：「好的，我會快去快回的。」

孫守義說：「那最好了。傅華，你現在的生意可是越做越大啦，居然開始涉足證券業了。」

傅華低調地說：「也沒什麼，就是熙海投資手裏有一些閒散的資金，我就投入金牛證券想運作一下。」

孫守義忍不住說：「生意做大了是好事，不過有一點我可要提醒你啊，你畢竟還有個身分是駐京辦主任，還是一名官員，在商場涉足太多對你的形象並不好，也許你該是時候從這兩者當中選擇其一了。」

傅華知道孫守義這麼說是為了他好，這一點傅華也不是沒考慮過，隨著他涉足的商業項目越來越多，官員和商人的身分衝突就會越來越大，難免會有人因為眼紅，在這方面找他的麻煩的。

傅華便回說：「孫書記，我也知道這樣下去不太好。我是這樣想的，等熙海投資的經營狀況穩定下來後，我就會辭去熙海投資董事長職務，不再參與熙海投資的經營了，全力回歸到駐京辦的事務當中來。」

傅華的想法是這樣子的，如果他這次美國之行能夠成功勸說談紅回國接手金牛證券的話，那湯曼就可以從金牛證券抽身，回到熙海投資進行的業務當中來，他也就可以把熙海投資的董事長一職交給湯曼，把熙海投資交給湯曼管理，自己退居幕後。

傅華的個性一向低調，熙海投資又在操作那麼大的項目，太過張揚，他做這個董事長並不適合，還是回到駐京辦主任這個不起眼的位置更好一些；反正熙海投資已經完全在他的掌握之中了，湯曼又是他絕對信得過的人，他在幕前幕後，其實都是一樣的。

孫守義點了點頭，說：「看來你早就心裏有數了。」

探望完傅華，孫守義回到家，沈佳知道他要回來，特別給他留了飯菜。沈佳一邊收拾飯菜，一邊問候傅華的病情，孫守義說：「挺好的，基本上恢復了健康，應該很快就會出院的。」

沈佳聽了，慶幸說：「那就好，說起來傅華最近可是有夠倒楣的，又是離婚，又是被綁架的。」

孫守義說：「這也難免，他現在涉足的事務越來越多，又是房地產又是證券公司的，從商已經夠麻煩的了，他還想牢牢把持住駐京辦這一塊，利益多了，難免紛爭就多。誒，小佳，你知道他今天跟我說什麼嗎？」

沈佳看了孫守義一眼，說：「說什麼？」

孫守義說：「這傢伙居然想去美國，為他的證券公司請人回來掌舵。」

沈佳咋舌說：「這個傅華確實是生意越做越大了啊。」

孫守義說：「好在他的麻煩再大，也是他自己的，與我們沒太大的關係，倒是姚巍山這個混蛋對我來說是個大麻煩啊。」

沈佳說：「守義，那個伊川集團的冷鍍工廠問題真的很大嗎？」

「確實很嚴重，」孫守義臉上的笑容沒有了，神色凝重的說：「目前經濟環境惡化，那個冷鍍工廠生產的冷鍍板開始出現市場需求不旺，價格下滑的態勢了，這種狀況再持續下去的話，恐怕到一期工程投產的時候就會出現銷售價格低於成本的現象，那樣事情可就麻煩大了，開工生產吧，虧本；不開工生產吧，前面投入的工程又會荒廢掉。」

沈佳問道：「那些設備就不能轉產別的嗎？」

孫守義苦笑著說：「那都是專用設備，除了生產冷鍍板，別的地方根本用不上。如果不能開工生產，這些設備就是一堆廢鐵，毫無用處的。」

沈佳安慰說：「守義，說到底這件事是姚巍山搞出來的，如果出了什麼事，負責的也是姚巍山，你就不用這麼擔心了。」

孫守義搖搖頭說：「小佳，一開始我的想法跟你一樣，覺得這件事是姚巍山搞出來的，有麻煩也不關我什麼事，但往深處想，事情就沒那麼簡單了。關鍵是姚巍山把海川市財政給扯進了這個泥潭裏，如果伊川集團無法償還貸款的話，海川市財政將要承擔幾十億的墊付責任，海川市財政將會遭受到極大的損失。我這個負全責的市委書記，也就難辭其咎了。」

沈佳的臉色也變得難看了起來，她知道那樣即使孫守義不會受到什麼直接處分，他的仕途也會受到很大的影響，也許這輩子可能就會在市委書記這個位置止步不前了。

沈佳擔心地說：「守義，那你現在心裏是怎樣打算的？」

「哎，我現在心中也沒什麼主意，因此才回來想問計於老爺子的。」孫守義苦笑了一下，說：「最可笑的是那個姚巍山，這傢伙對即將到來的危機還沒有任何的警覺，還一門心思的在跟傅華鬥法呢。」

第八章

國王的新衣

孫守義困惑地說：「老爺子，
國王的新衣這個騙局明明是被那個小孩子拆穿了啊，
您怎麼還覺得是很好的官場教科書呢？」
趙老笑笑說：「那是你沒看透這篇故事的精髓，
小孫，你認為這篇故事最精髓的地方是什麼？」

第二天上午，孫守義就去了趙老那裏，寒暄幾句之後，就把姚巍山引進的伊川集團可能發生問題的情況跟趙老說。

趙老聽完，眉頭皺了一下，說：「馮玉清怎麼用了這麼一個成事不足、敗事有餘的傢伙啊？」

孫守義苦笑說：「誰說不是呢，自從這傢伙到了海川之後，我就不斷地給他擦屁股。這樣還不算，他還特別愛耍些小心機，給我找無謂的麻煩，我真是煩透他了。老爺子，你說能不能想個什麼辦法把他從海川趕走啊？」

「把他趕走？」趙老看了看孫守義，說：「把他趕走，你來收拾伊川集團這個亂攤子嗎？」

「可是老爺子，不把他從海川市趕走怎麼辦啊，難道任由事態進一步惡化下去？」

趙老嘆了口氣說：「我也知道任由事態發展下去是不對的，但是局勢已成，已經過了制止事態發展的最佳時機了。如果一開始你就制止姚巍山這麼做，別人會覺得你的行為很睿智；但這時候你再站出來指責姚巍山這麼做是錯誤的話，恐怕你會成為東海省官場上的異類的。」

孫守義愣了一下說：「不是，老爺子，就算是我現在指出姚巍山這麼做是錯誤的有些晚，那也不至於成為異類吧？」

趙老搖搖頭，說：「小孫，你該聽說過一則童話，叫做『國王的新衣』吧？」

孫守義頭說：「當然知道。」

趙老笑說：「很多人都拿『國王的新衣』當做一篇童話來看，但我卻認為這不是什麼童話，而是一篇很好的官場教科書，他教我們官員甚至在最上位者是怎麼做事的。」

孫守義困惑地說：「老爺子，這我就有些不懂了，國王的新衣這個騙局明明是被那個小孩子拆穿了啊，百姓們都知道了國王的愚蠢，您怎麼還覺得是很好的官場教科書呢？」

趙老笑笑說：「那是你沒看透這篇故事的精髓，小孫，你告訴我，你認為這篇故事最精髓的地方是什麼？」

孫守義想了想說：「我覺得那些大臣們和國王明明沒有看到新衣，卻因為怕別人說他們愚蠢，而裝作看到了，這是這篇文章的精髓所在。」

趙老搖搖頭說：「你還是沒看透啊，精髓不在於他們裝作看到了新衣，而是在騙局被拆穿後，國王雖然覺得百姓們講的話是真的，但是他仍然必須把典禮舉行完畢，因此擺出一副驕傲的神氣走了下去，大臣們也依舊跟在他後面，手中假裝拿著一條並不存在的裙子。」

趙老說到這裏，看了孫守義一眼，說：「小孫啊，我在官場上也算是廝混了一輩子，形形色色的事情算是見識了不少，官場上的很多人其實都不是傻瓜，但是有些事明明一眼就能看穿是假的，為什麼還能在官場上大行其道呢？就是因為大家都說那是真的。因為大家心中都有假的東西，也就不敢像那個孩子一樣大聲地喊出來，說出真相。」

「可是，」孫守義仍是不解地說：「騙局始終是騙局，還是會被百姓們拆穿的。」

趙老笑說：「那是從百姓的角度上看這個問題，如果你從國王的角度看問題的話，就會覺得這個騙局並沒有被拆穿，他是穿著一件完美的新衣舉行完典禮的。」

孫守義略微沉吟了一會兒，說：「您的意思，是讓我不要去管姚巍山這件事？」

趙老說：「小孫，你還是沒明白我的意思啊。你怎麼可以不去管這件事呢，你在海川是負全責的市委書記啊，如果市財政出現了幾十億的虧損，你怎麼樣也不可能一點影響都受不到的。」

孫守義求救地說：「那老爺子，我究竟該怎麼辦啊？」

趙老分析說：「就目前來講，你要避免不受這件事情的影響，方法有兩個，一是趁這件事還沒發作出來之前，趕緊調離海川，到別的地方任職。這樣在事發時，你就不是海川市的市委書記，自然無需為姚巍山的行為承擔任何責任了。」

孫守義思索說：「你說的這第一個辦法是很好，但是要換個新地方，我什麼基礎都沒有，就需要從頭開始經營，總不如在經營了這麼長時間的海川市繼續發展好。」

趙老點頭說：「是啊，海川你經營了這麼長時間，各方面的基礎都打好了，正是到了該收穫的季節了，在這時候捨棄，自然不合適；同時，倉促間你想找一個跟市委書記分量相當的位置調過去，也不是那麼容易，非要調走的話，可能就不得不接受一個很差的位置。因此這第一個方法，不到非不得已是不能用的。」

孫守義趕緊問道：「那第二個方法呢？」

趙老獻計說：「第二個辦法，是想辦法讓姚巍山把這件事給搞得更大一些，讓它超出你的責任範圍，將來如果出什麼問題的話，你就不是什麼直接的責任人，反正你又沒有直接參與到這件事當中，別人自然就不能追究你什麼責任了。」

孫守義聽了說：「老爺子，您是說讓姚巍山把這個項目弄成省一級的項目？」

趙老點點頭，說：「現在不是有不少什麼省級重點招商項目之類的東西嗎？讓姚巍山去爭取這樣的名頭，應該不困難吧？」

孫守義說：「那當然不困難，這些什麼重點項目都是下面花錢去省裏走關係走出來的，只要關係走到了，這樣的名頭自然就爭取到了。」

趙老笑笑說：「那問題不就解決了嗎？省級重點項目是省政府牽頭搞出來的，要是出了什麼問題，省裏自然就會出面維護解決，到時候省裏也許為了面子，還會幫姚巍山強撐下去呢，反正不管怎麼說，麻煩都不會落到你的頭上了。」

孫守義高興地說：「我明白該怎麼做了，老爺子。」

醫院，傅華的病房中。

傅華正在休息，中衡建工的董事長倪氏傑推門走了進來，余欣雁拎著果籃跟在倪氏傑後面，傅華趕忙坐起來，要從病床上下來。

倪氏傑攔住傅華，阻止說：「傅董，躺下躺下，我們之間就不需要客氣了。」

傅華還是坐了起來，說：「我沒事的，我已經好很多了。倪董，余助理，快請坐。」

倪氏傑就和余欣雁在沙發上坐了下來。

余欣雁看了看傅華，說：「傅董，你這次鬧的動靜挺大的啊，又是綁架，又是懸賞，究竟是怎麼回事啊？」

雖然他現在跟倪氏傑、余欣雁算是同一陣營的人，但是傅華還是不準備把齊隆寶的事跟他們說。齊隆寶的事牽涉到太多敏感的因素，讓倪氏傑和余欣雁知道，除了給他們增添精神上的壓力之外，一點好處都沒有。

傅華故作輕鬆地說：「還能是怎麼回事啊，當然是有人想從我身上發一筆橫財了，他們看到熙海投資近來項目做得紅火，還控股了金牛證券，就以為我是個暴發戶，手裏不知道有多少錢呢，所以想綁我票，從我身上撈上一筆。哪知道我是個空心大老官，玩的都是你們中衡建工的錢。」

倪氏傑看了傅華一眼，他自然不相信傅華的說詞。關於傅華和羅茜男被綁架，北京商界風傳著好幾個版本的故事，有的說是傅華扳倒了雎心雄，讓雎心雄被判了二十年徒刑，羅茜男原來是雎心雄兒子的女朋友，見雎家的情形不好，就甩了雎心雄的兒子，轉而投進傅華的懷抱。雎家的部屬氣不過，就把兩人綁架了，想教訓一下他們。

有的說傅華和羅茜男被綁架則是因為政治上的博奕。傅華是現任副總理楊志欣的人，幫楊志欣處理了很多臺面下的事，特別是豐源中心和天豐源廣場這兩個項目，本來是楊志欣任職豐湖省省委書記時決策上的失誤。傅華以熙海投資的名義出面買下這兩個項目，而羅茜男的豪天集團則是出資幫傅華解決了項目的資金問題，聯手解決了楊志欣的後顧之憂。

楊志欣的政敵為了扳倒楊志欣，於是綁架了傅華和羅茜男，想從兩人身上找出能夠攻擊楊志欣的證據。但是傅華和羅茜男的嘴很硬，不承認他們跟楊志欣有什麼關係。綁架他們的人沒辦法，只好借著通匯集團懸賞的名頭拿了賞金，把兩人給放了。

還有人說，天豐源廣場和豐源中心這兩個項目，是奪走了京城某個紅色豪門子弟口中的肥肉，這個豪門子弟一氣之下想要弄死兩人。而這個紅色豪門子弟便是魏立鵬的兒子，結果傅華和羅茜男身後的權勢人物不幹了，就找了目前黨內地位很高的卞老向魏立鵬施壓，迫使魏立鵬的兒子不得不放出傅華和羅茜男來。之所以會有一千萬的懸賞，既是為了掩人耳目，讓社會公眾以為這只是一起綁架事件，而不是什麼紅色豪門利益之爭；同時也是傅華這一方為了安撫魏立鵬所不得不支出的一點小小的代價。

這些版本中，倪氏傑傾向於與現任副總理楊志欣有關的那個版本，可以為此佐證的是，據說李凱中曾經跟傅華因為爭奪某個明星而起過衝突，結果傅華抬出了楊志欣來向李凱中施壓，導致李凱中不得不向楊志欣道歉。

不過，倪氏傑也並不想弄清楚事情背後究竟是怎麼回事，他知道不論哪個版本的故事是真的，這件事都不是他能夠隨便去攙合的，更不能在其中選邊站，因為一旦選錯了，他這個董事長也就位置不保了。

倪氏傑便開玩笑說：「傅董，既然知道你現在玩的都是我們中衡建工的錢，那我這個中衡建工的董事長就不得不提醒你兩句，你可千萬保重啊，因為你一旦有什麼閃失，我們中衡建工必然也會跟著遭受一定的損失的。」

傅華笑說：「倪董，這你放心好了，我也不想把我的小命玩沒了，是吧？」

余欣雁在一旁說：「傅董，你別把我們倪董的話當做開玩笑，不管怎麼說，這次的事情確實是很危險，你被綁架的那些天，我們心裏都為你捏了一把冷汗，所以拜託你，就算是為了自己的安全起見，最好也是加強一下保安措施。」

如果是換在以前，余欣雁這麼說，傅華也許會跟她開幾句「想不到余助理會這麼關心我」之類的話，但是在倪氏傑跟他說了余欣雁喜歡他的話之後，這種有點調戲味道的話他就不好說了。

傅華就點了一下頭，說：「我知道了，余助理，我已經有這方面的考量了。」說到這裏，傅華突然想起一件事，「倪董，不知道金正群那邊現在怎麼樣了？」

傅華現在最擔心的就是中衡建工內部出什麼問題，如果中衡建工內部出問題導致施工延誤的話，他就很難如期向中庭傳媒和平鴻保險公司交付辦公大樓，那熙海投資就要為此承擔巨額的違約金了。金正群正是目前中衡建工內部最大的隱患，傅華自然想要倪氏傑早點把他剷除掉了。

聽傅華說起金正群，倪氏傑眉頭皺了一下，說：「傅董，金正群的事有些不太好處理啊，最近有不少領導為了我派他去海南清欠的事幫他跟我說情，其中有些領導還是那種我不敢不給面子的，如果我再在這時候把他趕出中衡建工，那些領導肯定會感覺下不來台的。」

傅華覺得倪氏傑有些優柔寡斷，金正群都已經半公開的向他挑戰了，他再不拿出雷霆手段來，恐怕局面會更危險。

傅華便說：「倪董，我可提醒您，有句話叫做當斷不斷，反受其亂。」

倪氏傑無奈地說：「這我也知道，不過這裏面很多情況我不得不考慮，一時半會兒我是無法拿金正群怎麼樣的。傅董，國營企業就是這個樣子，裏面存在著錯綜複雜的關係，想要快刀斬亂麻的處理一件事是很難的。」

傅華只好說：「倪董，你現在動不了他也無所謂，不過你可要看好他，千萬別讓他有機會在我們合作的項目上搗亂。」

倪氏傑點點頭說：「傅董，這個你放心，我還是能夠控制得了他的。」

傅華又轉頭看了看余欣雁，問道：「余助理，工地現在一切都好吧？」

余欣雁笑笑說：「進展還算順利，暫時也沒什麼非要馬上解決的事。我知道你還需要住院治療一段時間，一些能夠解決的問題，中衡建工方面都自行解決了，其他需要跟你們公司協調的事，我都讓他們暫時放一放，等你出院了我們再來商量吧。」

「謝謝你啦余助理，讓你費心啦。回頭麻煩你把前段時間和後三周內可能需要協調的事匯總一下，我這兩天出院後，馬上就去跟你們協調。」

余欣雁說：「為什麼要後三周的啊？」

傅華說：「出院後，我想去一趟美國，預計需要三個禮拜的時間，所以想把可以提前處理的事情先處理完。」

「你要去美國啊？」倪氏傑順口問道：「去美國哪裡啊？」

傅華的主要目的地是洛杉磯，因為齊隆寶的妻子和女兒、楚歌辰都在洛杉磯，不過這個行程他不願意公開，就笑笑說：「去紐約，見一個在華爾街工作的朋友。」

下午，羅茜男的病房。

羅茜男說：「傅華，我認真的想過你去美國這件事，我認為還是有些不妥，就算是你一個人去，恐怕齊隆寶也會馬上意識到你是跑去調查他的。」

傅華也知道從他跟齊隆寶公開宣戰後，齊隆寶一定會打起十二分的精神來防備他，他想再瞞住齊隆寶去美國調查確實很難做到，便說：「他知道就知道吧，反正我們和他遲早非有一場生死博奕不可。」

羅西男擔心地說：「可是太危險了，我把你準備要去美國的事跟黃易明黃董說了，想要他在美國找朋友保護你，黃董的意思跟我一樣，都不希望你去美國調查齊隆寶，他說楚歌辰在美國經商多年，又與政府有密切的關係，交往十分複雜，他擔心就是他的朋友也不一定能夠保護得了你。」

傅華無奈地說：「但是我不去調查的話，我們就拿齊隆寶一點辦法都沒有，齊隆寶這個威脅會始終存在；為了我們長久的安全，我仍然必須要搏一下。」

羅西男握住傅華的手，深情地說：「傅華，那這樣吧，你先不要急著去，等我跟黃董再商量一下，讓他多聯絡一些朋友，就算不能幫我們查清齊隆寶的事，起碼也要保證你在美國的安全。」

傅華點點頭，說：「這個可以，我也不想去做無謂的冒險；而且出發前，我還有一些準備工作要做。」

羅西男一臉困惑地說：「你還有什麼準備工作要做啊？」

傅華說：「有啊，比方說先去看看齊隆寶，回頭你把齊隆寶現在單位的地址給我。」

羅茜男不明所以地問道：「你去看他幹什麼？」

「既然他一定會知道我去美國的事，我索性去知會他一聲好了。」

傅華雖然在齊隆寶面前表現的很強勢，似乎他一出手，齊隆寶就會手到擒來似的，但實際上，那只是他想在氣勢上壓倒齊隆寶而已，他心中並沒有一個明確對付齊隆寶的方案。他要去美國，只是因為他意識到要剷除齊隆寶，美國是唯一正確的方向。

不過，就在跟羅茜男談論這件事的當下，傅華突然想到了一個對付齊隆寶的方案，這個方案如果能夠實施的話，可以把秘密部門的力量吸引進來，那樣，不但他的安全會多一份保障，而且還可能把齊隆寶給繩之以法。

羅茜男不知道傅華心裏在打什麼算盤，納悶的問道：「什麼意思啊，你去知會他有什麼用處嗎？」

傅華的計畫有些冒險，能不能真正實行還是個未知數，因此他不想讓羅茜男知道太多細節，便笑笑說：「沒什麼，就是嚇唬嚇唬他而已。如果齊隆寶膽子很小，我嚇他一下，他就不敢讓楚歌辰對我有什麼不利的舉動了。」

羅茜男不相信的說：「你這傢伙，不跟我說實話，齊隆寶能被你嚇住的話，就不會搞那麼多事出來了。」

傅華笑笑說：「試一試嘛，能嚇得住更好，嚇不住我們也沒損失什麼啊。」

第二天，傅華就辦理出院了，羅茜男因為身體還沒有完全復原，留在醫院繼續治療。

出院後，傅華先回家一趟，洗了個澡，換了身衣服才去駐京辦。他把羅雨、林東、雷振聲叫來瞭解了最近駐京辦的情形，然後開始辦公。

一直忙到下午，傅華才把手頭的事處理完，就讓王海波開車，載著他去齊隆寶新調去的單位。他所在的哲學研究中心，位於郊區一座小山的半山處，環境十分的清幽，倒是一個做學問的好地方。

不過傅華知道齊隆寶並不是個會靜下心來做學問的人，齊隆寶處於權力中心多年，早就習慣了權勢給他帶來的各種好處，此刻讓他過這種清心寡欲的學者生活，恐怕他的心理很難平衡。

研究中心的大樓有些老舊，內部的設施和裝潢都不是時下流行的款式，一看就是有些年頭的建築了。

齊隆寶看到傅華出現在他辦公室，先是有些錯愕，隨即冷笑起來，說：

「傅華，你這是想來看我的笑話嗎？」

傅華說：「齊隆寶，你也把我看得太淺薄了吧？我沒有興趣來看你的笑話，而是想告訴你，我近期準備去美國一趟，讓你有個心理準備。」

聽到傅華說要去美國，齊隆寶愣了一下，然後對傅華說：「傅華，辦公室裏有點悶，我們出去說話吧。」

胡瑜非在探望傅華的時候，曾經告訴過他，安部長已經命令秘密部門對齊隆寶採取二十四小時全程監控的措施，齊隆寶讓他出去說話，肯定是擔心這間辦公室被安置了竊聽器之類的監控設備。

齊隆寶的反應早在傅華的預料之中，就譏諷地說：「出去說就出去說，不過齊隆寶，我怎麼感覺你現在這樣很像一隻驚弓之鳥啊。」

齊隆寶冷冷的看了傅華一眼，沒說什麼，邁步出了辦公室。

走到外面的空曠處，齊隆寶這才說：「傅華，你去美國幹什麼啊？」

傅華說：「齊隆寶，你這不是明知故問嗎？我去美國幹嘛，當然是去調查你在那邊的資產情況，還有你跟楚歌辰勾結，究竟做了多少叛賣國家的事。我跟你說過了，從現在這一刻起，我要全力獵殺你，不死不休。」

齊隆寶冷笑說：「傅華，你不要覺得我現在落魄了，就可以任你宰割了，我可跟你說，我能讓你這趟的美國之行有去無回，你相信不相信？」

「我不信，」傅華毫不畏懼地說：「齊隆寶，別吹牛了，憑你現在的狀況，還想要讓我有去無回？做你的春秋大夢去吧。」

齊隆寶陰狠地說：「我現在是不能拿你怎麼樣，但是你別忘了，那邊還有個楚歌辰呢，你不會以為楚歌辰是什麼善男信女吧？」

傅華說：「我知道楚歌辰不是什麼善男信女，但是齊隆寶，時至今日，你應該很清楚，我不是一個人在跟你孤身做戰，不說別的，就看你現在都不敢待在辦公室裏跟我說話，你在怕什麼？你是怕你跟我的談話被你原來所在的部門監聽了去，對吧？」

齊隆寶冷冷地瞅了傅華一眼，說：「你是想暗示我，背後支持你的人是安部長他們？」

傅華笑笑說：「齊隆寶，我可什麼都沒說，不過你不妨拿我這趟美國之行試一試，看看在楚歌辰對付我的時候，會不會有什麼人出來幫助我。」

齊隆寶的臉色越發地陰沉了，瞪著傅華說：「傅華，你老實告訴我，安部長究竟知道了我多少事？」

傅華含糊地說：「我想，他該知道的事都已經知道了，包括你以為他還不知道的事。你應該很清楚你那些老同事的本事吧？」

齊隆寶臉色發青，盯著傅華的眼睛說：「你不是在嚇唬我的吧？」

傅華說：「別說，我還真是在嚇唬你的，比方說，我就搞不清楚某位華商為什麼會在美國被抓。」

傅華說出了一個最近在美國被抓的華商名字，安部長曾經跟他說過，這位華商其實是一個執行秘密任務的特工，他的被抓很可能就與齊隆寶有關。

齊隆寶忍不住打了個寒顫，說：「安部長連這也知道了？」

傅華賣著關子說：「我可沒說他知道了，我只不過是在新聞中看到報導。誒，齊隆寶，你嚇成這個樣子，不會這件事真的與你有關吧？」

「胡說八道，」齊隆寶虛張聲勢地說：「我才不會做這種出賣國家的事呢。」

傅華笑了起來，說：「齊隆寶，你可是露出馬腳了，我只說那個商人被抓了，可沒說他被抓是與出賣國家有關。」

齊隆寶恨恨地瞪了傅華一眼，說：「傅華，你不用跟我耍小聰明，安部長他們還不敢憑一兩句話就給我定罪的，所以你省省吧。」

傅華聳聳肩說：「我知道憑一兩句話是不可能給魏立鵬的兒子定下叛國

罪的，但是你做過的事不可能會一點痕跡都不留下，我相信，只要你做過，遲早就要為此負上該負的責任。」

齊隆寶狐疑地說：「你這麼說，表示安部長他們也在調查這件事囉？嗯，你這個人做事一向很有章法，應該不會平白無故的就跑去美國，是不是你已經找到什麼東西了？」

「齊隆寶，你不用套我的話，我究竟找到了什麼，將來你肯定會知道的。」傅華故作玄虛地說。

「誒，齊隆寶，有件事我很奇怪，你家老爺子怎麼說也是為了國家流過血的，國家也給了你相當好的待遇，怎麼你不但不知道珍惜，反而做出賣國的事情來呢？」傅華不能理解地說。

齊隆寶哼了聲說：「你懂什麼啊，什麼相當好的待遇，那點待遇是夠我吃還是夠我喝的啊？我工作一年的收入，還不夠我在香港一晚上的消費呢！這就叫相當好的待遇？狗屁，根本是打發要飯的。」

傅華反問道：「所以你就透過喬玉甄幫你瘋狂撈錢，又勾結楚歌辰叛賣國家？」

齊隆寶不以為然地說：「是又怎麼樣？我家老爺子為國家流過血，我享受一點也是應當的。」

傅華不禁搖頭說：「哎，你還真是貪得無厭啊！等著吧，你會很快就會有報應的。」

齊隆寶有恃無恐地說：「行啊，傅華，我等著，你有什麼手段儘管使出來吧。」

傅華說：「我有什麼手段你不是領教過了嗎？不然你也不會在這個地方享清福了。不過，齊隆寶，下次你可就沒這麼幸運了，你就等著上軍事法庭吧。再見了。」

傅華說完，就轉身走向自己的車子，王海波看他過來，就發動車子，載著傅華離開了。

齊隆寶站了好半天，直到看不到傅華的車了，才陰沉著臉回到辦公室裏。

回去的路上，傅華就接到楊志欣的電話。

「傅華，你剛才去見齊隆寶了？」

「是啊，楊叔，我剛從他那個研究中心出來不久。」

傅華對楊志欣這麼快就知道他去見齊隆寶並不感到意外，齊隆寶一直被秘密部門監控著，他和齊隆寶見面的事自然會被回報給楊志欣知道。

「你專門跑去見他幹什麼啊？」楊志欣問。

傅華說：「也沒什麼，就是想看看這傢伙現在的狀況。」

楊志欣懷疑地說：「真的是只想瞭解一下這傢伙的狀況？沒別的？」

傅華說：「是啊，我現在對他也不能做什麼。怎麼了？」

楊志欣說：「沒什麼，就是安部長剛才打電話來，說想要見你。」

傅華去見齊隆寶，其實正是想引起安部長和秘密部門的注意，聽說安部長要見他，正中下懷，便笑笑說：「行啊，我去見他就是了。」

楊志欣說：「那好，你就直接過去找他就是了。對了，見面之後，別忘了跟他說聲謝謝，你這次被綁架，安部長為營救你，可是盡了不少的力。」

「好，我知道了。」

傅華就直接去了秘密部門，安部長已經向警衛交代了他要來，所以警衛直接把他帶到了安部長的辦公室。

安部長看見傅華，立即說：「傅華同志，很高興看到你恢復健康了。」

傅華道謝說：「謝謝安部長的關心。我聽楊副總理說，我被綁架的時候，您為了救我操了不少的心。」

安部長笑笑說：「也說不上什麼操心，那本來就是我分內的事。再說，最後你並不是我們救出來的。」

傅華說：「那也應該感謝您的。部長，您叫我過來有什麼事嗎？」

安部長說：「是這樣的，據我們部門的同志反映，你被救出來後，一共跟齊隆寶見過兩次面，一次是齊隆寶去病房見你，一次是今天你跑去齊隆寶的單位找他，我想知道，你跟他究竟談了些什麼。」

傅華說：「也沒什麼，就是一些相互試探、發狠的話，他在我面前承認了是他綁架我的，而我則是告訴他，我一定不會放過他，一定會揭穿他的真實面目，如此而已。」

安部長看了看傅華，說：「就這些？」

傅華說：「就這些。」

安部長問：「那傅華同志，你說要揭穿他的真面目，你究竟準備要怎麼去揭穿呢？」

傅華笑說：「安部長，這個問題不該問我吧？您很清楚齊隆寶究竟是怎樣的一個人，揭穿他的真面目應該是你們的責任吧？」

安部長有些不太好意思地說：「是的，這的確是我們的責任，但是齊隆寶這傢伙實在是太狡猾了，我們查了他這麼久，除了知道他跟楚歌辰有過接觸之外，其他的還沒什麼進展。」

傅華忍不住說：「是他太狡猾，還是你們並沒有真心的要查他啊？」

安部長的臉色沉了下來，說：「傅華同志，請你相信我們，事關國家安全，我們部門，包括我在內，沒有一個人會拿這件事情開玩笑的。」

傅華看著安部長的眼睛說：「安部長，我並不是不信任貴部門，不過我可以肯定，齊隆寶到現在還跟貴部的一些人有聯絡。齊隆寶離開貴部門之後依舊對我的事瞭若指掌，就是一個很好的例證。」

安部長難堪地說：「這麼大的部門中，誰也不敢保證所有人都一點問題都沒有。不過你可以相信我，不管齊隆寶是什麼身分，我都一定要查清楚這件事的。」

傅華點點頭說：「安部長，我相信您一定會做到這一點的。」

安部長說：「既然你相信我，那你是不是可以告訴我，你打算怎麼去對付齊隆寶？」

傅華心想：我可不能告訴你，並不是我不相信你，而是我這個計畫的關鍵部分就是要利用你們這個部門，讓齊隆寶覺得你們已經掌握到關於他叛國的罪證，從而迫使他不得不鋌而走險。

傅華可以確定，齊隆寶肯定在秘密部門安插有耳目，他來見安部長，齊隆寶馬上就會知道；特別是他在齊隆寶面前點出那個被捕的華商的事，齊隆寶一定會認為安部長跟自己見面，是在商量要怎麼對付他。

但是這些話傅華不能跟安部長明說，便說：「安部長，我現在也沒有什麼對付齊隆寶的好辦法，我的打算是去一趟美國，一來是為熙海投資辦一件私事；另一方面，我要去一趟洛杉磯，查查齊隆寶跟楚歌辰之間究竟是怎麼一回事。」

安部長失望地說：「就這樣啊？傅華同志，我跟你說，齊隆寶跟楚歌辰我們已經查過了，目前除了知道兩人關係不錯之外，我們還真查不出別的什麼來，所以你去查，恐怕會空手而反的。」

傅華卻搖頭說：「我去查不一樣的。」

安部長不以為然地說：「我可看不出有什麼不一樣的。」

傅華說：「當然不一樣啦，首先，查的管道不同；其次，你們去調查的人沒有我這種危機感，因為我很清楚，如果我不能徹底扳倒齊隆寶的話，那我就要倒楣了，衝著這一點，我也必須要把這件事查清楚的。」

安部長沉吟了一下，說：「嗯，你去美國搞這麼一下也可以，說不定會打亂對方的陣腳，真的讓你查到些什麼也不一定。」

「這麼說，您支持我去美國調查這件事了？」傅華問道。

安部長點點頭說：「我支持你，齊隆寶這件事久拖不決，我們部門也很沒面子，希望你去能夠有所突破。」

傅華笑笑說：「您可別光口頭支持啊，據我所知，那個楚歌辰在美國很有勢力，我這次去，恐怕會很危險的。」

「你想讓我給你提供安全保障是吧？」安部長說：「我無法保證你在那裏會沒有一點危險，畢竟那裡是美國，不是在我們自己的國土上；不過，我會交代我們部門在美國工作的同志，讓他們盡全力保障你的安全。」

傅華對安部長的承諾很滿意，有了安部長這個承諾，他這次去美國的安全係數就增加了很多。

傅華立即說：「那我先謝謝安部長了。」

孫守義在傅華出院的第二天返回海川，當天姚巍山就找了過來，說是經過一段時間的觀察，發現雷振聲並不適合在駐京辦工作；雷振聲的妻子也找到市政府來，說不希望雷振聲繼續待在駐京辦，所以他考慮再三，覺得還是把雷振聲調回來比較合適。

孫守義並不想在這件事上跟姚巍山找什麼麻煩，就痛快地答應說：「行啊，老姚，我也認為這個同志不適合留在北京工作，那就把他調回來吧。只是雷振聲調回來之後，駐京辦就會空出一個副主任的職位，你有沒有合適的接替人選？」

姚巍山搖搖頭說：「孫書記，我心中並沒有合適的人選，您對海川市幹部隊伍比我熟悉，接替雷振聲的人選還是您來決定吧。」

孫守義說：「行啊，我會讓組織部門醞釀一個合適的人選的。」

這時，孫守義抬起頭，裝作不經意的問道：「老姚，伊川集團的那個冷鍍工廠項目現在進展的如何了？」

孫守義突然提起這件事，讓姚巍山心裏有些發虛，難道孫守義聽到什麼風聲了？

他趕忙回說：「進展得挺好的，怎麼了孫書記，您是不是聽說了什麼啊？」

孫守義笑笑說：「我沒聽說什麼，只是問問進展情況而已。這個項目是個大項目，市政府十分重視，所以我才問問的。」

第九章

朝聖之旅

紐約，美國最大的城市及最大港口，
美國的金融中心，華爾街、聯合國總部、自由女神像……
許多聞名世界的景點都集中在這裏，
它繁榮、神秘、令人嚮往，從踏上這塊土地的那一刻，
傅華不禁有一種朝聖的感覺。

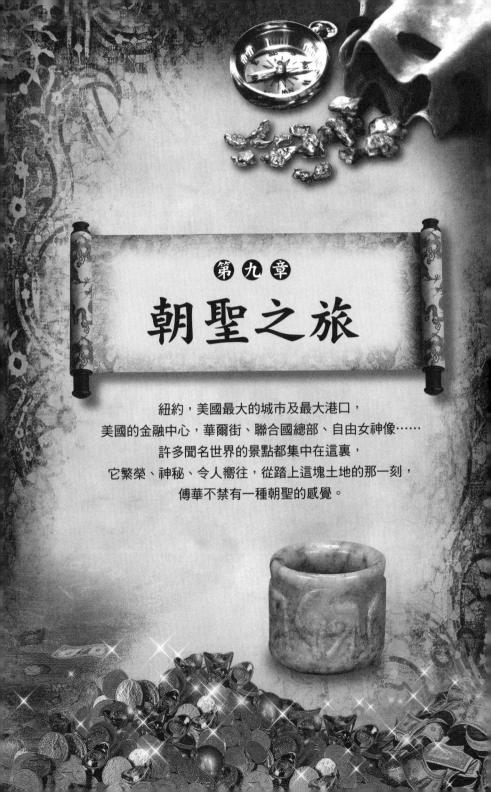

聽孫守義只是想問項目的進展情況，姚巍山心裏暗自鬆了口氣，他拿了陸伊川很多的好處，在項目獲得土地和貸款上幫了不少忙，心中有鬼，自然不希望孫守義察覺到什麼不對勁。

但是姚巍山又有些擔心起來，孫守義突然問起這個來是什麼意思啊？他是不是想要插手這個項目啊？現在這個項目一期工程已經建設過半，很快就可以投產見效益了，孫守義如果在這時候插手項目的話，可就有點下山摘桃子的意思了。

姚巍山自然不想將勝利果實拱手讓給孫守義，這可不得不防，便說：「孫書記，這個冷鍍工廠項目一直都是市政府重點關注的項目。」

孫守義看出姚巍山是擔心他插手，不禁暗自冷笑，心說姚巍山這傢伙真是夠愚蠢的，到現在還沒有發現這個項目存在很大的危機，還以為我要跟你搶呢，真是不知死活。不過這樣也好，這樣倒有助於鼓動姚巍山把這個項目搞成省級項目。

孫守義笑笑說：「老姚啊，我是覺得市政府可以為這個項目做得更多一些，你考沒考慮過拿它去申報一下省級重點招商引資項目啊？」

姚巍山還真沒有考慮過這件事，不過他卻不想承認，他覺得如果承認這一點，孫守義就可以用這個名義插手這個項目了。

姚巍山就說：「孫書記，這個我已經考慮到了，正要求伊川集團向市裏面報送資料呢。」

孫守義心知姚巍山說的根本就是謊言，卻故意說：「不錯啊，老姚，你考慮問題很周全啊，這個省級重點招商引資項目可一定要爭取到，這樣對這個項目的發展是很有利的。」

姚巍山拍了拍胸脯，一口應承說：「這您放心，市政府一定會把這個省級重點爭取到的。」

從孫守義辦公室出來，姚巍山就開始思考伊川集團冷鍍工廠申報省級重點招商引資項目的事，陸伊川那方面是沒什麼問題的，從投資金額到項目技術的先進程度，都遠遠超出省級重點項目的申報要求。但是這並不代表伊川集團申報省級重點項目就一定能夠中選，全省想要爭取這個重點項目的很多，僧多粥少，競爭激烈，如果不做一些必要的運作，伊川集團想要中選，幾乎是沒有什麼希望的。

因此，姚巍山首先要做的是，先說服伊川集團拿出一些資金來，用作申報項目的費用。他對說服伊川集團拿出運作費用這一點很有信心，一方面這是對伊川集團有好處的事，如果成為省級重點招商引資項目，就會得到省市兩級部門的扶持；二是他幫過陸伊川那麼大的忙，陸伊川這點面子應該會給他才對。

現在姚巍山要考慮的是，讓誰來負責這件事。在幾個副市長之間權衡了一下，姚巍山傾向於由曲志霞來負責這件事。

姚巍山想要曲志霞負責這件事，是想借此跟曲志霞和解。他意識到他如果想要控制住海川市政府，曲志霞是個很關鍵的因素。但是曲志霞卻因為海川市財政替伊川集團擔保的事而跟他有了很大的矛盾。

其後林蘇行又搞出一個網路誹謗的事件來，把曲志霞最見不得人的醜事給曝光了，讓曲志霞顏面盡失，更是讓曲志霞對他一肚子意見，從而在工作上處處與他針鋒相對，鬧得姚巍山在海川市政府十分孤立。

很多人都認為那個帖子是他指示林蘇行發的，這種行為太卑鄙，讓市政府一些本來想要靠近姚巍山的官員，轉而開始對姚巍山敬而遠之，這樣下去的話，他在市政府就成了孤家寡人了。因此在林蘇行被調離海川之後，他在市政府就儘量對曲志霞跟他針鋒相對的行為加以容忍，也嘗試著把一些有好處的工作交給曲志霞負責，以求能夠獲得曲志霞的諒解。

回到市長辦公室，姚巍山就拿起電話，打給伊川集團的董事長陸伊川。

此時，陸伊川正坐在龍門市開發區冷鍍工廠的辦公室裏，對著市場總監報告給他的一份最新的冷鍍板材市場行情表愁眉不展呢。

在這份報表上，各種型號的冷鍍板材每噸的價格都有不同程度的下降，這樣下去，很快就要跌破生產成本了。

陸伊川知道這回市場跟他開了一個天大的玩笑，如果一期工程現在就上馬生產的話，恐怕出來的產品不但沒有盈利，反而會有很大的虧損；但是現在一期工程已經建設了一大半，巨額的資金都已經花出去了，這時候就算是他想把工程停下來也已經不可能。此時陸伊川唯一的希望都寄託在市場形勢轉好上了，只要市場形勢轉好，冷鍍板材的價格上揚，他的困局自然就能迎刃而解。

看到姚巍山打電話來，陸伊川趕忙收拾了一下沮喪的心情，他不想讓姚巍山知道伊川集團現在陷入了困境當中，他很清楚像姚巍山這種官員都是些見好事就爭、見麻煩就躲的人，如果知道伊川集團陷入窘境，肯定會對他敬而遠之的，便儘量用一種愉快的口氣說：「您好，姚市長。」

姚巍山說：「你好陸董，最近這段時間，林雪平跟你們伊川集團配合的還好吧？」

姚巍山在市長辦公室見過林雪平後，就為林雪平向龍門市的有關領導特別打了招呼。別看姚巍山在海川市政壇上還沒有達到呼風喚雨的程度，但他這個地級市的市長，對龍門市這個縣級市領導們的影響力還是很大的，於是林雪平順利的出任了龍門市開發區的區長。

陸伊川心說：林雪平這個區長就是我幫他出資買下來的，他敢跟我配合的不好嗎？

陸伊川笑了一下說：「林區長跟我們配合的很好啊，他是個很認真負責的人，對我們企業的服務可以說是無微不至。」

姚巍山說：「那我就放心了。我很擔心下面的同志給你們找些不必要的麻煩。」

陸伊川客套地說：「謝謝姚市長對我們集團的關心，龍門市的領導們對我們都很好，您就不用擔心了。」

姚巍山說：「那就好。誒，陸董啊，有件事跟你說一下，市裏面想要把冷鍍工廠這個項目申報成省級重點招商引資項目。」

陸伊川聽姚巍山說要把冷鍍工廠申報成省級重點招商引資項目，心裏就開始猶豫了。在目前公司營運陷入窘境的前提下，他是不願意這麼做的，一是因為要申報這個項目，必定要經過相關部門的審核，陸伊川就很擔心冷鍍工廠營運陷入窘境這件事會在審核中被官方發現，那樣不但評不上什麼重點招商引資項目，恐怕會讓冷鍍工廠的境況更加惡化。

其次，陸伊川知道只要涉及到官方審批，就必須要拿出大筆費用來打點相關的官員，如果在營運情形良好的前提下，花這筆費用也無所謂，但現在形勢惡化，再要花這筆錢，陸伊川就要掂量掂量了。

雖然有龍門市的大力配合，相關部門簡化了不少程序，但是工程審批報告上依然密密麻麻蓋滿了幾十個公章，蓋一個章就要花一筆錢，看得陸伊川頭都大了。

綜合這些因素，陸伊川並不情願申報什麼省級重點，

陸伊川說：「姚市長，我們冷鍍工廠目前進展得很順利，還有必要再申報什麼省級重點嗎？」

姚巍山沒想到陸伊川會拒絕申報省級重點招商引資項目，詫異地說：「陸董，怎麼了，這對伊川集團可是有好處的，只要能夠成為省級重點，省

裏就會給予扶持，稅收土地各方面都有優惠的政策，對你將來上馬第二期工程有很大好處的。」

陸伊川心想：現在這一期的工程都這個樣子了，會不會再上馬第二期工程那還很難說呢！

陸伊川只好隨便找個理由說：「是姚市長，你們現在的審批程序實在是太繁瑣了，我想想頭就大了，還是不申報了吧。」

「原來你是擔心審批程序繁瑣啊，」姚巍山笑笑說：「這個問題你不用擔心，市裏會找一個副市長專門協助你們跑這件事的。」

陸伊川面有難色地說：「可是姚市長，我擔心就是申報了，也不一定會評上的。」

姚巍山聽了說：「這就更簡單了，只要把負責的官員打點好，再差的項目也能夠評得上的。」

聽姚巍山這麼說，陸伊川知道他無法再推辭下去，再推辭的話，姚巍山就會對他起疑心了，只好說：「這樣啊，好吧，那就申報好了。」

姚巍山笑說：「這就對了嘛。誒，陸董啊，還有一件事需要麻煩你，這次我會指派常務副市長曲志霞負責申報這件事，當初曲志霞對我繞過她讓財政局替伊川集團提供擔保很有意見，所以我想請你多給曲志霞一點好處，彌補她一下，可以嗎？」

陸伊川對姚巍山和曲志霞之間的矛盾知道一些，聽了說：「姚市長，你確定要這麼做嗎？彌補她沒問題，不過這個女人會不會不接受，反而跟我們搗亂啊？」

姚巍山說：「應該不會的，這個女人也是隻愛吃腥的饞貓，只要你給她好處，她沒有不要的道理。」

「那行，我會打點得讓她滿意的。」陸伊川允諾說。

北京，晚上八點，笙篁雅舍。

傅華和司機王海波正在吃晚飯。為了加強安全措施，傅華現在讓王海波住到家中，這樣他身邊就隨時都有人保護，以避免再出現上次在家門口被綁走的事了。

這時，傅華的手機響了起來，顯示的號碼是羅茜男。羅茜男上午已經出院了，傅華就接通了電話。「羅茜男，找我什麼事啊？」

羅茜男說：「傅華，你過來我家一趟吧，黃董剛才發給我一些他洛杉磯朋友的資料，你過來，我跟你說一下。」

傅華敏感的意識到羅茜男叫他過去，並不僅僅是去看資料而已。在黑屋子裏，羅茜男大方地跟他表白了心意，他當時也承諾，只要有生還機會，他就會跟她好好相愛一場；現在兩人都出院了，也該是時候把心中的情意展現給對方了。

然而傅華卻有著些許猶豫，他還沒想清楚他和羅茜男如果有了更深一層的關係後，兩人到底會如何發展，然而他的命是羅茜男用鮮血救回來的，只要羅茜男願意，他也許真的會娶羅茜男做老婆也不一定。

傅華就帶著王海波去了羅茜男家，羅茜男一開門看到王海波也跟著來了，先是愣了一下，不過她反應也很快，隨即對王海波說道：

「誒，小王，我跟傅華有些私事要談，你先回去吧，等要用車的時候，他會打電話通知你的。」

王海波看了傅華一眼，傅華點點頭說：「沒關係，你先回去好了，回頭我給你電話。」

王海波轉身離開後，羅茜男把傅華請進去，將房門關上，從後面捶了傅華肩膀一下，嬌嗔道：「你這個壞蛋，明知道我叫你來是幹什麼的，你怎麼還把他帶來啊？」

傅華轉過身來看著羅茜男，羅茜男俏臉上泛著酡紅，一雙眼睛帶著羞意地看著他。

羅茜男這種小女人的姿態讓傅華心中頓時泛起層層漣漪，本來他還想跟羅茜男開玩笑，說她太急色了，但此刻再也顧不得，一把將羅茜男拽進懷裏，野蠻的吻住了她嬌嫩的粉唇。

面對傅華的猛烈攻勢，羅茜男也毫不扭捏，猛烈的回吻起傅華，同時摟住了傅華的脖子一躍，兩條腿交叉騎到傅華的腰上。

傅華就這樣抱著羅茜男走進臥室，很快除去所有的障礙，兩具熾熱的身體立即火熱地糾纏在一起……

上午九點，海川市政府。

小會議室裏，姚巍山正在主持召開市長辦公會，他提出要將伊川集團冷鍍工廠申報為省級重點招商引資項目，並強調這件事的重要性，然後看了曲志霞一眼，說：「曲副市長，這件事就由你來負責吧，你一定要要確保這個項目能夠申報成功。」

曲志霞心裏不免打了一個問號，自從上次伊川集團擔保的事之後，曲志霞就對這個伊川集團有些排斥，還和姚巍山鬧得很不愉快，現在姚巍山怎麼會要她來負責這件事呢？難道不擔心她在這件事情上給他找麻煩嗎？

姚巍山看曲志霞沒有作出明確的回應，就問道：「曲副市長，你對我這個安排還有什麼疑問嗎？」

雖然奇怪，但是曲志霞心想，林蘇行調離海川市後，姚巍山孤掌難鳴，一直在找機會跟她修復關係，所以這也可能是他的示好行動吧，就搖搖頭說：「沒有市長，我會做好這件事的。」

姚巍山滿意地說：「那就好，回頭我會讓伊川集團的陸董事長跟你聯繫的。」

散會後，曲志霞回到自己的辦公室，拿起電話，打給了孫守義。

對曲志霞來說，跟孫守義的聯盟才是最重要的，因此她應該把這個情況報告給孫守義，一方面表明她緊跟孫守義的立場；另一方面，她也想知道孫守義對這件事的態度。

聽完，孫守義大致猜到了姚巍山的意圖，就說：「曲副市長，我覺得姚市長這個安排很合適啊，伊川集團如果能夠申報成功，對我們海川市可是一項很大的榮譽。這件事確實需要一個精幹的人來負責，所以你要好好做，不要辜負姚市長對你的期望。」

聽孫守義對這個安排抱持認可的態度，曲志霞放下心來，回說：「好的孫書記，我一定盡力辦好這件事。」

「我相信你能辦好這件事的，但是有一點你要注意，外面都在風傳姚市長是收了陸伊川的好處，才會那麼大力的幫忙伊川集團取得土地和貸款，當然啦，我不相信姚市長會這麼沒原則的，不過我們官員在跟這些商人打交道的時候還是要儘量檢點些，才不會給社會大眾造成這樣的誤解。」孫守義特別交代說。

曲志霞愣了一下，孫守義的話似乎是在警告她，跟伊川集團打交道時要特別注意，不要傳出不好的事來。

曲志霞趕忙說道：「孫書記，這個您放心，作為幹部，我知道什麼該做，什麼不該做的。」

掛了電話，曲志霞思索起剛才孫守義所說的話，這麼多年的官場經歷告訴她，要想在這個風險重重的官場上不出事，有一點很重要，那就是要分清楚什麼錢能拿，什麼錢不能拿；如果心存僥倖，冒險去拿不能拿的錢的話，鮮有不出事的。

此刻，曲志霞甚至懷疑姚巍山讓她來負責這件事是不懷好意，說不定姚巍山知道伊川集團要出問題，所以才把這件事交給她負責，好讓她來分擔責任。曲志霞自然不會上這個當，心中打定主意，在這件事上，她只做該做的事，絕對不要去沾那些上不了臺面的事。

這時秘書打電話進來，說是有一位陸伊川先生打電話來，問她要不要接進來。曲志霞心說：這個伊川集團的動作倒快，姚巍山剛在市長辦公會上說這件事，陸伊川馬上就找了過來。於是就讓秘書將電話接了進來。

電話接通後，曲志霞單刀直入地說：「您好陸董事長，您找我是不是關於伊川集團中報省級重點招商引資項目的事啊？」

陸伊川笑說：「是啊，曲副市長，您有時間嗎，我想就這個問題向您專門彙報一下。」

曲志霞說：「我中午有個活動，在此之前有時間，您能現在過來嗎？」

曲志霞跟陸伊川說她中午有活動，好避免談完事情後陸伊川要請她吃飯。曲志霞打算以公事公辦的態度處理這件事，不想跟陸伊川把關係拉得太近。

「行，我馬上就過去。」

陸伊川很快趕了過來，握手寒暄後，就開始跟曲志霞彙報起冷鍍工廠一期工程的進展情況，然後好一陣的吹噓，什麼採用了國際最先進的生產技術，又是能夠給國內冷鍍板生產帶來多少好處、一期工程投產馬上會見到多少的效益之類的。

曲志霞聽著，不禁暗自冷笑，在等陸伊川來的這段時間，她上網搜索了國內冷鍍板材的市場情況，發現冷鍍板材市場不但不像陸伊川吹噓的那麼美好，反而市場銷售極不景氣，價格也呈急速下滑的態勢。

曲志霞好不容易耐著性子聽陸伊川講完了，抬頭看了陸伊川一眼，這傢伙敢這麼睜眼說瞎話，是不是把官員都當傻瓜啦？告訴你，我可不是那麼好糊弄的。

曲志霞就笑笑說：「陸董事長，說實話，在負責這件事情之前，我根本就沒接觸過冷鍍這個行業，因此對冷鍍行業的市場狀況並不瞭解，誒，您能不能跟我講一下這個項目的主要產品是什麼？每噸的市場價格又是多少，還有市場價格是呈上升的趨勢，還是下降的趨勢啊？」

陸伊川心裏有些發驚，曲志霞的話顯然是意有所指的，冷鍍板材的市場行情並不是什麼秘密，在網上隨便查都能查得到，她大概已經瞭解過冷鍍板材的市場情況了，難怪姚巍山會那麼頭疼這個女人，果然不好對付，一上來就抓住了問題的關鍵，隱晦的點出冷鍍板材的市場行情不妙，既然市場前景不妙，那些什麼先進技術之類的話就是瞎扯淡了。

雖然陸伊川知道曲志霞已經看穿了他在玩什麼把戲，但是他並沒有絲毫的驚慌，他很瞭解現今的官場作風，即使曲志霞明知道他在說假話，也不敢拆穿他的。

因為曲志霞敢拆穿他的話，就等於是說海川市政府這麼重視的冷鍍工廠項目不過是靠謊言支撐起來的，那也等於是拆了海川市政府的台；這不僅僅是丟伊川集團的臉，更是海川市政府和姚巍山領導下的一群官員們的臉。

曲志霞這麼做需要很大的勇氣，陸伊川更願意把曲志霞這個行為理解為敲竹槓的暗示，她故意點出他的破綻，讓他知道她已經識破了他的伎倆，好不得不多給她一些好處。陸伊川暗自好笑，曲志霞真是枉做小人了，他本來就準備按照姚巍山的吩咐，打點到她滿意的。

陸伊川拍馬屁地說：「曲副市長，您可真是個有經驗的領導啊，您這話問到重點上了，現在是冷鍍板材的淡季，最近價格下跌了不少，不過再過兩個月就是旺季了，到時候自然需求旺盛、價格攀升，那時也正是一期工程有產能規模的時候。」

陸伊川說完，神情有些緊張的看著曲志霞，想要從曲志霞的回答中去判斷曲志霞到底是要敲竹槓，還是真的要找麻煩的。

曲志霞聽陸伊川扯出什麼淡季旺季，知道陸伊川這是為了圓謊而瞎編出來的，看來伊川集團果真存在很大的問題，孫守義也許就是察覺到這一點，才特別提醒她的。

曲志霞不禁幸災樂禍起來，這個項目不但不會成為姚巍山的政績，反而可能是他的一大敗筆，只是不知道這顆隱藏炸彈什麼時候會被爆出來。

曲志霞也意識到她不能再繼續追問下去，繼續問下去，陸伊川的謊圓不起來，這顆炸彈可能就會被她給引爆了。

曲志霞雖然樂見姚巍山出問題，卻並不想做這個引爆者，那對她不但不會有什麼好處，反而還會有很大的壞處。既然孫守義這個市委書記都可以對伊川集團的問題裝作看不見，她就更沒有必要站出來做這個出頭椽子了。相反，她還要辦好這件事，才不會讓人說她是因為對姚巍山有意見，故意阻撓伊川集團。

反正這個審批過程大多是走個形式，鮮少有相關部門會主動調查市場上的相關情況的，只要報批單位的打點到位了，省級重點項目也就順理成章會被批准。

曲志霞便虛偽地吹捧說：「陸董事長的時間點還抓得真是到位啊，正好選在市場旺季讓產品上市銷售，想不賺錢都難，難怪伊川集團的生意會做得這麼好啊。」

陸伊川見曲志霞沒有繼續追問下去為難他的意思，反而稱讚他，鬆了口氣說：「讓曲副市長見笑了，商人嘛，以盈利為根本，很多方面都是要算計到的。」

接下來的談話氣氛就輕鬆多了，曲志霞明確的表態說海川市政府對這個冷鍍工廠極為重視，她會盡力協助伊川集團讓他們報批成功。陸伊川也對曲志霞表示了真摯的感謝，說了不少客套話。

談話到了中午，秘書按照曲志霞事先安排好的，進來提醒曲志霞該去參加活動了。

曲志霞就站了起來，說：「陸董事長，今天跟您談得十分愉快，本來應該請您吃頓便飯的，不過中午這個活動早就安排好了，所以只能對您說抱歉了。」

陸伊川也站起來跟曲志霞握了握手，說：「曲副市長太客氣了，我想我們今後要互相配合的地方很多，肯定有機會一起吃飯的。」

曲志霞說：「這倒也是，那我們今天是不是先就這樣吧？」

陸伊川笑笑說：「好的，誒，曲副市長，我帶了一份小禮物給您，還希望您不要嫌棄啊。」

說著，從手包裏拿出了一個珠寶盒遞給曲志霞。

曲志霞雖然沒看到盒子裏是什麼，但是她看到盒子上的商標，曉得是國際知名的珠寶品牌，不管盒子裏面是什麼，一定價值不菲。

曲志霞把盒子推了回去，說：「陸董事長，申報的事我一定會盡力協助你們的，不過這個東西還請你收回去。我們是有紀律的，不能收受禮物，所以請您不要讓我為難。」

陸伊川以為曲志霞是假意推辭，就把盒子再次遞了過去，殷勤地說：「曲副市長，這也說不上是什麼禮物，就是一點心意，所以請您還是收下吧。」

曲志霞看了陸伊川一眼，態度堅決的說：「陸董，我不想跟您拉拉扯扯的，您如果堅持不把東西收回去的話，我只好把這個東西上交給紀委了。」

陸伊川的臉色僵了一下，明白曲志霞並不是在跟他假意推脫，不免有些納悶，按照姚巍山的說法，曲志霞是一隻貪腥的饞貓，為什麼會拒絕他送的禮物呢？難道她嫌禮物的分量不夠？還是什麼地方讓曲志霞不滿意了？

不管什麼原因，陸伊川知道今天這個禮物他是送不出去了，就說：「既然這樣，那我就不勉強您了。」就把珠寶盒收了起來，然後告辭離開了。

從曲志霞辦公室出來，陸伊川立即撥了姚巍山的電話，抱怨說：「姚市長，事情可能有點麻煩啊，曲志霞這個女人不收我送給她的禮物。」

姚巍山愣了一下，這個情況有點出乎他的意料，饞貓居然不貪腥了?!他疑惑的說：「陸董，你送她什麼禮物啊，是不是太便宜了，曲志霞根本就看不上眼啊？」

陸伊川喊冤說：「怎麼可能，我送的可是卡地亞的鑽石項鏈，好幾萬一條呢，初次見面送她這個應該可以了吧？我認為問題可能不是在禮物上，因為她根本就沒打開看禮物是什麼。」

姚巍山不解地說：「不在禮物上，那是在什麼上啊？你們見面的過程中，她特別說到過什麼嗎？」

陸伊川說：「我也不清楚啊，見面的過程當中，曲志霞並沒有什麼特別異常的行為啊。」

陸伊川心知如果有問題的話，應該就出在冷鍍板材的市場行情上，不過他並不想說曲志霞問過冷鍍板材的市場價格，免得引起姚巍山的警覺。

姚巍山想了一下，說：「也許是曲志霞對我還存有戒備吧，她知道我們關係親密，擔心收了你的禮物，會讓我抓到她的把柄。」

陸伊川質疑說：「那您讓她負責這件事是不是有點不太好，她要是跟我們搗亂怎麼辦？」

姚巍山冷笑一聲說：「借她一百個膽子她也不敢的，這件事是市長辦公會上確定由她負責辦理的，她如果辦不好，我可以向她追責的。」

陸伊川聽了，笑說：「那就好，不過，姚市長，在之後的辦理過程中，還要不要再打點她啊？」

姚巍山不好把話說死，如果讓陸伊川從此不再去打點曲志霞，萬一曲志霞又想要好處了怎麼辦？那樣可就又把曲志霞給得罪了。他不禁有點後悔讓曲志霞負責這件事了，這等於是撿了個蝨子放在自己頭上，自己給自己找不自在嘛。

姚巍山想了一下，說：「你看情況吧，如果她表露出那種意願的話，你該打點她還是打點的好。」

陸伊川說：「那我就根據情況處理了。」

紐約。

美國最大的城市及最大港口，美國的金融中心，也是世界第一大經濟中心，華爾街、聯合國總部、自由女神像……許多聞名世界的景點都集中在這裏，它繁榮、神秘、令人嚮往，從踏上這塊土地的那一刻，傅華不禁有一種朝聖的感覺。

當傅華乘坐的飛機降落在紐約甘迺迪機場，來接機的談紅看到他，立即飛撲上來，給了他一個熱情的擁抱。

這個在國內會讓傅華感到有些尷尬的舉動，在陌生的異域中，他卻不覺有絲毫彆扭，很自然地接受了下來，畢竟他是來到了世界上最開放最自由的紐約，他感覺自己最好也開放一點。

談紅看起來比在國內的時候瘦了些，說話、走路的步調也比國內快了很多，想來這種生活節奏快的國際大都市給談紅更大的壓力。

談紅幫傅華安排住在中城的五星級酒店，這是一家坐落在曼哈頓繁華區的豪華酒店，距離中央公園、卡內基音樂廳僅一步之遙。熠熠生輝的摩天大樓、步履匆忙的上班族和第七大道上琳琅滿目的櫥窗，都說明了紐約這個世界之都的繁華。

不過傅華也看到了與這個繁華氛圍不協調的畫面，街邊有不少翻撿垃圾的遊民，有的推著購物車，上面擺放著亂七八糟的雜物。這讓傅華十分訝異，不禁問談紅：「這裏可是曼哈頓啊，怎麼會出現這些拾荒人呢？」

談紅見怪不怪地說：「你不要大驚小怪。這次金融海嘯重創了美國經濟，不少美國人失業，他們找不到工作，靠救濟金又不夠生活，為了生計，只好靠撿罐子增加收入。你不要看不起這些人，他們當中不少都曾經是大公司的白領階級，受過很好的教育呢。」

傅華慨嘆說：「其實在中國也是這樣，在北京有住上億豪宅的，也有住在違章建築裏的，繁華與窮困常常只是一街之隔而已。」

說話間，談紅幫傅華辦好住房手續，將他送進房間。

放下行李後，傅華便看著談紅說：「談紅，來之前我在電話裏跟你談過的事，你考慮的怎麼樣了？」

來美國之前，傅華已經在電話裏跟談紅說想要她回來幫他掌舵金牛證券的事，但談紅沒有馬上答覆他，傅華便說給她時間好好考慮，等他到美國之後，她再答覆他也不遲。

談紅仍然沒有正面回答他，只說：「傅華，你先別急著說這些，先休息一下吧，轉換一下時差，明天我帶你去參觀一下華爾街，看看證交所。你現在也算是證券公司的老闆了，先感受一下美國證券市場的氛圍吧。」

傅華看談紅還是沒有想好究竟回不回國幫他，反正他預留了幾天在紐約的行程，因為時差關係，他也有些疲憊，便也不急著讓談紅馬上就做決定，就說：「行，那我們明天見面再說吧。」

第二天，談紅帶傅華在唐人街吃了早飯。吃飯時，傅華再次問起談紅考慮好了沒有。

談紅笑了一下，說：「傅華，謝謝你這麼信賴我，不過我對要不要回去有些顧慮，主要是我對自己能不能撐起一家證券公司沒什麼信心；你知道，我上次回國可是搞得很狼狽的。」

傅華說：「談紅，我不會像頂峰證券那樣對你的，我答應你的條件一定會兌現的，所以你不必擔心會再發生那種事。」

談紅聽了說：「我相信你肯定會說到做到的，不過，要回去對我是很大的改變，我不想輕易就作出決定。這樣吧，反正你還要在曼哈頓待上幾天，在你離開前，我一定會回覆你，可以嗎？」

雖然他很想談紅回國幫自己，但是傅華也不想把談紅逼得太緊，就笑笑說：「可以，我給你時間想清楚。」

吃過早餐，談紅便帶傅華去華人街參觀。

第十章
權力之屋

傅華有趣地說：「權力之屋是什麼東西啊？」

談紅說：「華爾街金融業和實業界巨頭喜歡在牛排館共進午餐，因此這些充斥著西裝領帶的名流以及價格不菲的餐廳，就被稱為華爾街的權力之屋。」

與華爾街的赫赫威名相比，真正的華爾街讓傅華感到有些失望，這只不過是一條狹窄的街道，長不過五百米，由於兩邊的高樓大廈，街上終年不見陽光。

來到附近的博靈格林公園，著名的銅牛雕像即矗立在眼前。

談紅對傅華說：「你要好好摸一下銅牛的犄角，它會保佑你的證券公司業績長紅的。」

這尊銅牛是由義大利一位藝術家莫迪卡設計製作的，他將銅牛偷偷運到華爾街證券交易所門前，放在一棵巨大的聖誕樹下，想要祝股市來年能夠一牛沖天；紐約市政府卻不許他這麼做，因而銅牛後來被安置在博靈格林公園，成為華爾街的象徵物。傅華就去摸了摸銅牛已經被磨得發亮的犄角，又抱著銅牛讓談紅給他拍了張照片。

接著，談紅又帶著傅華去了紐約證交所。

紐約證券交易所位於百老匯大街十一號，在華爾街的拐角南側。由於談紅所在的證券公司是美國一家很大的證券公司，在證交所裏擁有交易席位，因此能夠帶傅華進入內部參觀。

巧的是，一進門正遇到證交所的ＣＥＯ鄧肯，他也正帶人參觀證交所。

鄧肯認識談紅，跟談紅打了招呼，談紅將傅華介紹給鄧肯認識，鄧肯聽說傅華是中國一家證券公司的老闆，稱讚說：「中國現在是新興市場，發展前景遠大，我們也想在上海交易所上市呢。」

傅華在財經新聞上看過紐約證交所想要在中國上市的消息，不過這個消息每年都會喧囂一陣子最終卻沒下文，便忍不住問說：「鄧肯先生，這個消息每年都被報導一次，究竟你們是真的想要在中國上市，還是只是炒作新聞而已啊？」

鄧肯笑著搖搖頭說：「看來傅先生對股市真是很瞭解啊。這麼說吧，我們是真的想去中國上市，但是中國目前的證券政策不允許，所以我們的計畫就始終停留在意向階段。」

簡單的交談之後，鄧肯就帶人繼續參觀去了。

傅華不禁對談紅說：「談紅，你在這裏混得不錯啊，居然跟證交所的ＣＥＯ關係這麼好。」

談紅笑了起來，說：「什麼不錯啊，傅華，不是你想的那樣的。在美國，這些大名鼎鼎的交易所的ＣＥＯ並不難見，更沒有很大的架子，美國的交易所把企業看成他們的客戶，他們則是為企業提供股票交易的場所和平臺，我所在的證券公司在這裏擁有交易席位，是他們的客戶之一，鄧肯自然要對我客氣一點啦。要是在國內，那些交易所的總裁都是些官老爺，架子大得很，我如果想見哪家交易所的總裁，估計人家連理都不會理我的。走，我帶你去看看這裏的交易大廳。」

在交易大廳門口，傅華的腦海裏浮現著經常在電影裏看到的畫面：大廳裏有一大堆電腦螢幕和穿著背心的交易員，非常喧囂、繁忙。

但是當他走進去卻發現，裏面的情形跟他想像的截然不同。他以為應該在大廳裏高度緊張的交易員，卻是一副非常輕鬆散漫的樣子，居然還有人在打電腦遊戲。

再就是地上奇髒，紙張、可樂罐遍地都是。傅華不禁疑惑的看了談紅一眼，說：「談紅，你確定沒帶我走錯地方嗎？」

談紅笑說：「我怎麼會帶你走錯地方呢，你是覺得這裏跟你想像的不一樣吧？我跟你說，這裏並不直接參與場內交易，這裏的交易員是各大機構進駐在交易所看盤的，因此一般情況下，他們沒有什麼事情好忙的。」

傅華納悶地說：「既然不直接交易，那這個交易大廳好像就沒什麼用處了啊。」

談紅解釋說：「交易所保留這個大廳，其象徵性意義大於功能價值，主要是提供大家參觀的一個場景，感受一下氣氛而已，電視臺也會拍拍新聞和財經報導，同時也給各會員機構一個可以辦公的場所，如此而已。」

傅華不禁搖搖頭說：「這就是美國的金融中心？我怎麼感覺有點好景不在的感覺啊？」

談紅感嘆地說：「其實現在華爾街這裡，早就不是以往那個輝煌時期的華爾街了，很多金融機構早就搬離這裏了。尤其是九一一恐怖攻擊事件之後更形嚴重，世貿大樓成為廢墟，因此許多證券經紀商和銀行紛紛遷離傳統的金融區，落腳中城區，就是你住的飯店那裏，那兒正在逐漸轉變為美國新的金融區。」

傅華大為感慨說：「想不到輝煌的華爾街也會有被取代的一天啊。」

談紅笑笑說：「世事無常嘛。還有人說這是因為華爾街這裏的風水不好，因為它前面的街上有座墳地，背後是條河，預示著前無進路、後無退路。」

傅華笑了起來，說：「美國佬也信風水嗎？」

談紅笑說：「以前不信，不過這幾年中國經濟風生水起，不少美國人也在研究中國文化，風水之說自然就有了一定的市場。走吧，我有些餓了，帶你去吃午餐。你想吃中餐還是西餐啊？」

傅華想了想說：「吃西餐吧，這裏的西餐應該更道地。」

談紅說：「行，那我帶你去見識一下『權力之屋』。」

傅華有趣地說：「權力之屋是什麼東西啊？」

談紅解釋說：「華爾街的金融業和實業界巨頭通常喜歡在著名的牛排館共進午餐，決定著動輒數億美元的併購案或者投資，因此這些充斥著西裝領帶的名流以及價格不菲的餐廳，就被稱為華爾街的權力之屋。其中最有名的就是史密斯沃倫斯基牛排館啦。」

傅華聽了，興奮地說：「我有聽說過，巴菲特一年一度的慈善午宴就是在那裏舉行的；還有電影《穿著prada的惡魔》裏出現的牛排，就是他們家的吧。」

談紅點點頭，笑說：「對，就是那家。」

傅華讚嘆說：「紐約還真是個神奇的地方，處處都有故事啊。」

兩人就去了史密斯沃倫斯基牛排館，這是一家連鎖餐廳，坐落在曼哈頓四十九街和第三大道交界處。製作過程完全靠手工切割，不僅保存了牛肉的自然紋理，吃起來更是細嫩鮮美。

在吃牛排的時候，談紅關心地問道：「傅華，跟我說說你在國內的近況吧，我聽一個朋友說你離婚了？」

傅華苦笑了一下，說：「你要在離婚前面加個『又』字才可以。說起我的近況，只能用狼狽不堪來形容，離婚對我來說還不是最壞的事，前段時間我還被人綁架，差點把命都送了。」

談紅看了傅華一眼，說：「這件事我也聽說了，事情鬧得還很大，究竟是怎麼回事啊？我記得你以前是不愛招惹是非的人啊。」

傅華無奈地說：「我是不愛招惹是非，是非卻老愛招惹我。這次我是不小心捲進一場政治博奕當中，惹上一個可怕的對手，他必置我於死地，才會綁架我的。」

「這麼麻煩啊？」談紅訝異地說：「那事情有沒有解決啊？」

傅華搖搖頭說：「還沒有，我這次來美國，一個目的是想邀你回國幫我打理證券公司，另外一個目的，就是來找辦法對付那個傢伙的。」

「你去洛杉磯就是為了這件事？」談紅猜測道。

傅華點點頭，說：「那傢伙把妻子女兒安置在洛杉磯，還在那裏開了一家公司，我想去看看是什麼情形。」

談紅熱心地說：「那需不需要我跟你一起去？也許我可以幫你做點什麼。」

傅華婉拒了，「不需要，有朋友已經幫我安排好了。」

談紅不禁問道：「那你讓我回去幫你打理證券公司，與這件事有沒有關係啊，金牛證券是不是發生什麼危機了。」

傅華笑說：「金牛證券與這件事沒有關係，金牛證券也沒發生什麼危機，所以你不用擔心。」

談紅懷疑地說：「既然金牛證券沒什麼問題，那你讓我回去幹什麼啊？」

傅華笑笑說：「我是想讓你回去幫我管理金牛證券，把金牛證券做得更好。」

談紅自嘲說：「傅華，你覺得我行嗎？你別忘了，我好幾次遇到問題的時候，還是靠你幫我擺平的。」

傅華不好意思地說：「我那是耍了一點小聰明，這次不一樣，我需要的是在證券行業的專長人才。我對證券業基本上是個門外漢，所以很希望你能回去幫我。」

談紅沒有自信地說：「其實傅華，你應該比我更清楚，在國內做證券，書本上的那些專業知識沒什麼太大的用處，我如果拿在華爾街上學到的東西回去幫你管理金牛證券，可能不但幫不了你什麼，反而會害了你的。」

傅華不禁反問說：「不會吧，你在頂峰證券的時候，業務不是做得很好嗎？」

談紅嘆說：「那時候我之所以能做得很好，是因為潘總跟你師兄的關係，有你師兄在證監會，潘總的消息特別靈通，頂峰證券的業務想不做好都難。可是在潘總和你師兄出事之後，你再看頂峰證券，是不是就一落千丈了？」

傅華不是不清楚國內的證券公司業務是怎麼做的，那些風生水起的證券公司背後都有著雄厚的背景。但是他並沒有因此打消請談紅回去幫忙的想法。談紅是證券業的專業人士，他需要談紅幫他提升金牛證券的專業素質。至於那些內線關係，他覺得可以放給精通這方面的人去做。

傅華說：「談紅，你別想那麼多了，關係人脈的事你不用管，我找別人負責，你就幫我管理好證券業務就行了。」

談紅不置可否地說：「那我再考慮考慮吧，反正你也不會馬上就去洛杉磯是吧？」

傅華看了談紅一眼，他有些懷疑談紅一直猶豫不決，是因為談紅在這裏有什麼割捨不下的人或者事物，就說：「談紅，我一直沒問你，你回美國也有段時間了，你過得怎麼樣啊？」

談紅淡淡地說：「說不上好，也說不上壞，因為我回國待過一段時間，對國內的證券業算是很瞭解，所以公司在中國業務方面對我挺倚重的，工作方面算是順利吧。」

傅華又問：「那感情上呢，有沒有交新的男朋友啊？」

談紅淡淡地淺笑說：「男朋友是交過兩個，不過時間都不長，總是找不到那種感覺……」

談紅還沒說完，傅華的手機卻響了起來，看看了顯示的號碼，傅華眉頭皺了一下，居然是冷子喬的電話。

北京和紐約的時差是十三個小時，算一算現在北京應該是半夜，這個女人居然半夜不睡還打電話給他，真是有點瘋。

談紅看手機一直響，傅華卻不接，不禁問道：「怎麼了，為什麼不接電話？」

傅華笑笑說：「這傢伙很煩人，我沒想到她會把電話追到美國來。」

談紅聽了，調侃說：「是個女孩子吧？你還是趕緊接吧，你不接她會很著急的。」

談紅這麼說，傅華就不好意思不接了，他走出牛排館，接通了電話。

還沒等他說話，冷子喬就搶先說道：「誒，傅華，你太差勁了吧，要去美國也不說一聲。」

傅華反問：「冷小姐，我有什麼理由非要通知你一聲啊？」

冷子喬理所當然地說：「怎麼沒理由啊，你忘了你還是我男朋友嗎？今天我媽跟胡夫人晚上在一起吃飯，談話中說起你，胡夫人說你去了紐約，讓我媽好一陣子奇怪，怎麼男朋友去美國，我竟然不知道！就跑來問我是不是跟你出了什麼問題。」

傅華說：「那不正好，你就跟你媽說我們相處的並不好，順勢就可以說跟我分手了啊？」

冷子喬哼了聲說：「問題是我當時沒反應過來，隨口說了句『沒問題啊，我跟你處得挺好的。』結果我媽就說我是燒火棍子一頭熱，你根本就不在乎我，跑去美國也不跟我說一聲。弄得我好沒面子。」

傅華耐著性子說：「冷小姐，你別這樣子，我們總不能為了你的面子一直說謊吧？我覺得我們假扮男女朋友的這個遊戲也玩得差不多了，也該是時候結束了。」

冷子喬卻說：「誒，傅華，結不結束的那是後話，你先幫我把眼前的戲演完。」

傅華詫異地說：「還有什麼戲要演啊？冷小姐，我現在可是在美國紐約啊，就算是要幫你演戲，恐怕也要等我回北京吧？」

冷子喬笑笑說：「我知道你在紐約，我需要你演的戲就在紐約啊。」

傅華愣了一下，說：「誒，冷子喬，你不會要來紐約了吧？」

「呵呵，」冷子喬高興地說：「你終於肯叫我的名字了，這說明我們更熟悉了一些。這樣叫比較好，以後你就這麼叫我好了，成天冷小姐、冷小姐叫著，我渾身都起雞皮疙瘩了。」

傅華哭笑不得地說：「誒，我們先說主題好不好，你要來紐約嗎？」

冷子喬說：「你不用害怕，我不會去紐約的。」

傅華納悶地說：「那你怎麼說要我演的戲就在紐約？」

冷子喬笑了笑說：「因為我阿姨在紐約，我媽跟她說了你去紐約的事，讓我阿姨在那邊照顧你一下。」

傅華聽說不是冷子喬要追過來，心裏鬆了口氣，不過，他並不想跟冷子喬的阿姨見面，他很懷疑冷子喬的媽媽讓冷子喬的阿姨照顧他，實際上是想讓她幫忙看一下他這個名義上的男朋友究竟怎麼樣的意思。

傅華推辭說：「那就沒必要了，我在紐約也有朋友，有什麼事他們會幫忙的。」

冷子喬有些不高興地說：「喂，你這麼說就很差勁了，我媽也是好意啊。」

傅華說：「我知道她是好意，不過我來紐約是有公事要辦，可沒時間去陪你阿姨。」

冷子喬蠻橫地說：「我不管，反正我媽已經跟我阿姨說了，你的電話號碼她也跟我阿姨講了，到時候我阿姨會聯繫你的，你看著辦吧。」

傅華忍不住說：「冷子喬，你以為我來紐約是來玩啊，我是真的有事情要辦。」

冷子喬抱怨說：「誒，傅華，你有點職業道德好不好啊？」

傅華不解地問：「這與職業道德有什麼關係啊？」

冷子喬理直氣壯地說：「當然有關係啦，演戲演全套，你演到一半卻突然要罷演，這不是沒有職業道德又是什麼啊？你這樣，信不信我去找胡夫人說你在玩弄我的感情啊？」

傅華叫說：「冷子喬，你這不是血口噴人嗎？明明是你要我配合你演這場戲的，怎麼成了我玩弄你的感情了？」

冷子喬反駁說：「誒，傅華，你可真健忘啊，是你先提出來要我去騙胡夫人的，所以這場戲的始作俑者是你，不是我。反正你掂量著辦吧，如果我阿姨跟我說你連見都沒見她，或者你見了她卻對她很冷淡，那我就去找胡夫人，把你要騙她的事都告訴她。」

冷子喬說完，就掛了電話。

傅華苦笑著搖了搖頭，這個冷子喬居然拿胡夫人來訛詐他把這場戲演完，幸好他在紐約還要待上兩天，見見冷子喬的阿姨倒也未嘗不可。

傅華收了電話，回到餐館裏。

談紅說：「電話打完了？」

傅華點了一下頭，說：「打完了，誒，我們說到哪裡？」

談紅笑了笑，說：「說到我在紐約的生活，其實四個字就可以概括了，那就是乏善可陳。好了，我已經吃完了，你趕緊吃，下午我帶你去看看自由女神像。」

傅華看得出來，談紅原本是想跟他說說在美國的生活的，但是冷子喬的電話打亂了她的節奏，搞得她已經沒有談興。傅華也不好再去追問，就匆忙把牛排吃完，然後跟著談紅離開了餐館。

自由女神像是美國文化的象徵之一，位於曼哈頓外海的自由女神島，需要坐遊輪才能上島參觀。

傅華和談紅從銅像底部乘電梯直達基座頂端，然後沿著女神像內部的盤旋式階梯登上頂部的冠冕處。冠冕處四周開有小鐵窗，每個窗口高約一米，可同時容納四十人觀覽。

通過窗口向外遠眺，東邊有曼哈頓的高樓大廈林立；南邊是一望無際的紐約灣，波光船影相映；北邊的哈得遜河逶迤伸向遠方。

風景很美，讓人心曠神怡，傅華卻注意到談紅的神情比起吃飯前明顯有些落寞，就關心的問道：「談紅，你是不是累了啊？」

談紅強笑了一下，說：「有一點，傅華，明天我公司有事需要我處理，就不陪你四處逛了。」

傅華說：「你有事就去忙你的吧，我也正好有些事要去處理。不過你可別忘了趕緊確定一下要不要回國幫我的忙，大後天我可就要去洛杉磯了。」

談紅點點頭說：「你放心，走之前我會給你送行，然後告訴你我的決定的。」

看完自由女神像回到酒店，已經是華燈初上了，兩人就在附近找了家乾淨的小餐館吃了晚餐，談紅說她被海風吹得頭有點疼，想要回去休息，就離開了。

傅華隱約感覺到這趟紐約行恐怕要白跑一趟了，談紅一直沒有爽快地答覆他，而且今天更是顯得有些意興闌珊，看來他恐怕要重新尋找金牛證券的掌舵人了。

正當傅華在思考著要怎麼解決這個問題的時候，他的手機響了起來，這一次來電顯示的號碼前面加了美國的區號，傅華猜測很可能是冷子喬的阿姨打來的。

傅華接通了電話，說：「你好，我是傅華，請問是哪位找我？」

一個悅耳的女人聲音傳來，笑說：「我是子喬的阿姨寧慧，子喬應該跟你說過我吧？」

傅華說：「是的，她中午的時候打過電話，說過您的情況。」

寧慧笑笑說：「我想跟你見個面，你住在什麼地方啊？」

傅華說：「我住在曼哈頓的西屋酒店。」

寧慧聽了說：「好，那你等一下，我大約半個小時後就會到。」

半個小時左右，傅華依約在酒店的大廳等候寧慧的到來。

他剛在大廳坐下來，一個少婦就從外面走了進來。少婦大約三十出頭的樣子，看上去眉眼之間跟冷子喬有些相似，只不過多了幾分成熟的韻味。傅華猜想這就是寧慧了，就站起來迎了上去。

少婦看到傅華走來，上下打量了一下，笑說：「你就是傅華吧？」

傅華點點頭，說：「是我，您好。」

寧慧跟傅華握了握手，說：「你好，傅華，按說你該跟子喬叫我一聲阿姨的。」

傅華心說：你倒是會佔便宜，你的樣子看上去還沒我大呢，就笑笑說：「您這麼年輕，我這個阿姨還真是有些叫不出口。」

寧慧笑說：「嘴這麼甜啊，難怪子喬會讓我小心一些，說你嘴巴特別會說，讓我千萬小心別讓你給騙了。」

傅華說：「那是子喬跟您開玩笑的。」心裏卻說：到底誰騙誰啊，我才是被騙的那個好不好！

兩人去酒店的酒吧裏找了個位置坐下來，各自叫了杯飲料。

寧慧說：「你比子喬成熟很多啊。」

傅華開玩笑說：「您的意思是覺得我比子喬年紀大了很多是吧？」

寧慧也不掩飾，說：「是啊，我姐姐跟我說子喬看中了一個年紀大一些的男朋友，不過我沒想到會大這麼多。」

傅華說：「其實這對我來說也是個意外，我根本就沒想到您的外甥女居然會願意跟我交往。」

寧慧笑笑說：「誒，傅華，你可別有別的想法，我說你比子喬年紀大，並不是不贊同你們交往。其實年紀大也有年紀大的好處，更成熟，更知道愛惜自己的女人。我那離婚的姐夫和我姐姐倒是年紀相仿，可又怎麼樣呢，他們那時候都很年輕，我姐夫就不能體諒我姐姐創業的辛苦，結果兩人就勞燕分飛了。」

寧慧接著說：「子喬說你這次來紐約是為了公事，究竟是什麼事啊？需要我幫忙嗎？」

傅華笑笑說：「我是想請一位朋友回國去幫我打理證券公司的，我已經跟這位朋友聯繫上了，所以也沒什麼地方需要麻煩您的。」

寧慧聽了說：「這樣子啊，誒，那找個時間我陪你逛逛紐約吧。」

傅華婉拒說：「這個就不麻煩您了，我這次行程很緊，後天就要動身去洛杉磯。」

寧慧聽了，遺憾地說：「這麼倉促啊，那怎麼辦，總不能你來一趟紐約，我卻什麼都不招待你吧，這樣吧，約個時間我們一起吃頓飯吧，也算是讓我盡盡地主之誼。」

傅華不想跟冷子喬的家人有太多的接觸，那樣會把這場假鳳虛凰的遊戲給搞複雜，就道謝說：「您的好意我心領了，不過這次我的行程真的是很緊湊，真對不起啊。」

寧慧看傅華態度堅決，也就沒再說什麼。兩人又閒聊幾句，然後寧慧就告辭離開了。

第二天早上，傅華剛起床，冷子喬的電話就打了過來，稱讚說：「傅華，算你識相，我阿姨對你的印象還不錯，在我媽面前說了你不少好話，說你謙恭有禮，事業有成，還說我有眼光，挑到了你這麼一個好男人。」

傅華笑說：「你阿姨沒嫌我年紀大？」

冷子喬笑笑說：「這一點她也說了，她說年紀大，又離過婚，這是缺憾不假，但這個世界並沒有什麼人是十全十美的；再說，有點閱歷的男人才會懂得珍惜，這未嘗不是件好事。」

傅華打趣說：「這樣也算是好事？你這個阿姨大概是怕你嫁不出去，剩在家裏，所以只要是個男人就想把你給打發掉吧？」

冷子喬哼了聲說：「才不是呢。不過我阿姨對你也有擔心的地方，她覺得你是一個很精明的人，害怕我會被你騙了。嘿嘿，她哪知道你這個傻瓜被我耍得一愣一愣的啊?!」

「你說什麼？」傅華叫了起來：「你居然拿我當傻瓜。」

冷子喬笑說：「對不起啊，不小心說漏嘴了。」

傅華就更火大了，說：「誒，冷子喬，你這算是什麼道歉啊，說漏嘴不正說明你心中是這麼想的嗎？」

冷子喬撒嬌說：「好了，傅華，你別這麼認真好嗎？跟你開玩笑的。誒，你覺得我阿姨怎麼樣啊？」

「什麼你阿姨怎麼樣啊？」傅華一頭霧水，問道。

冷子喬笑說：「就是問問你對她是什麼感覺嘛？」

傅華想了想說：「什麼感覺，就是挺漂亮，挺幹練的一個女人啊。」

冷子喬說：「那有比我漂亮嗎？」

傅華笑說：「漂亮肯定是沒有你漂亮，青春是無敵的。」

冷子喬開玩笑說：「傅華，我怎麼覺得你這話說得怪怪的，好像只說了一半，後面是不是還跟著一個但是啊？」

傅華笑著逗弄她說：「算你聰明，她是比你有魅力。和她比起來，你可是稍顯青澀一些。」

冷子喬又問：「那以你們男人的眼光來看，覺得我和我阿姨是哪一個更吸引你啊？」

「喂，你問這個幹什麼，」傅華疑惑的說：「不會你阿姨到現在還沒嫁人吧？」

冷子喬說：「這有什麼奇怪的，她才三十出頭，又不是七老八十，沒嫁人也很正常啊，我阿姨其實在感情路上十分波折，她認識了一個高官，那個人是國資委的領導，又是有婦之夫，我媽很反對他們在一起，為了這件事，她跟我阿姨不知冷戰了多久才講話的。」

國資委的領導？難道是李凱中?!傅華十分訝異寧慧竟然是李凱中的情人，嘴上笑說：「那就更叫人奇怪了，你非要讓我見她，不會是想轉行做媒婆吧？」

冷子喬嗤了聲說：「去，你以為你是什麼搶手貨啊，這世界上的女人都爭著搶著要嫁給你啊?!我跟你說，我和我阿姨隨便哪個跟你在一起，你都是上輩子燒了高香的。」

請續看《權錢對決》15 生死之間

權錢對決 十四 趁火打劫

作者：姜遠方
發行人：陳曉林
出版所：風雲時代出版股份有限公司
地址：10576台北市民生東路五段178號7樓之3
電話：(02) 2756-0949
傳真：(02) 2765-3799
執行主編：朱墨菲
美術設計：許惠芳
行銷企劃：邱琮傑、張慧卿、林安莉
業務總監：張瑋鳳

初版日期：2017年7月
初版二刷：2017年7月20日
版權授權：蔡雷平
ISBN ：978-986-352-418-2

風雲書網：http://www.eastbooks.com.tw
官方部落格：http://eastbooks.pixnet.net/blog
Facebook：http://www.facebook.com/h7560949
E-mail：h7560949@ms15.hinet.net
劃撥帳號：12043291
戶名：風雲時代出版股份有限公司

風雲發行所：33373桃園市龜山區公西村2鄰復興街304巷96號
電話：(03) 318-1378
傳真：(03) 318-1378
法律顧問：永然法律事務所 李永然律師
北辰著作權事務所 蕭雄淋律師

行政院新聞局局版台業字第3595號 營利事業統一編號22759935

定價：280元　特惠價：199元

國家圖書館出版品預行編目資料

權錢對決 ／ 姜遠方 著. -- 初版. -- 臺北市：
風雲時代，2016.11- 冊；公分

ISBN 978-986-352-418-2（第14冊：平裝）

857.7　　105019530